幻之光

宮本輝

陳蕙慧——譯

—給台灣讀者的話—

現今的世界隨著經濟貧富懸殊，人類也陷入了精神性貧富差距的漩渦之中難以自拔。

愈來愈多的人被膚淺的東西吸引，卻厭惡深刻的事物；過度評價無謂小事，卻蔑視真正重要的大事。

而我想，這個傾向將會日益嚴重吧。

然而，在精神性這個重要問題上，其實無關學歷、職業與年齡。因種種原因無法接受高等教育的無名大眾中，還是有許多人擁有深度的心靈；反觀更有無數從優秀大學畢業的人，做著令人欽羨的工作，仍無法擺脱幼稚膚淺的心智，任由年華虛長。

我二十七歲立志成為作家，至今已經四十年。這段時間以來，我總秉持著，想帶給那些含藏著深度心靈、高度精神性的市井小民幸福、勇氣與感動的信念來創作小說。

四十年來，我所引以為豪的，是我努力在小說——這個虛構的世界裡，展示了對人而言，何謂真正的幸福、持續努力的根源力量、以及超越煩惱與苦痛的心。

因此，那些擁有高學歷、經濟優渥，卻心智膚淺、精神性薄弱的人，應該不會在我的小說面前佇足停留。

而有這麼多台灣讀者願意讀我的小說，我感到無上光榮也十分幸福。衷心希望今後能將作品與更多的朋友分享。

——宮本輝

目錄

幻之光

昨天，我三十二歲了。從兵庫縣的尼崎嫁到奧能登曾曾木這個海邊小鎮來，也已經整整三年，算一算，自與你永別以來，差不多經過了七個年頭。

像這樣坐在二樓窗邊，沐浴著暖和的春天陽光，望著平靜無波的大海，看著他出門工作的車子在蜿蜒的海岸公路逐漸遠去，變成豆粒般大小，不由覺得身體一緊，彷彿縮回成一顆小小的蓓蕾。

公公曾對我說，你瞧，這片一望無際、單調的、少見的綠色大海上，有一團團閃閃發亮的地方吧。看起來很像是一大群魚從海底湧上來，在波浪和波浪間露出了背鰭，其實啊，根本不是，那只不過是一些細小的波浪聚集在一起。有時也會有光點在海面上跳躍，但那只是一些細波同時閃爍，可是肉眼很難分辨，尤其在遠處眺望的人，他們的心很容易就被騙了喲。我不太明

白，這些光點究竟騙了人們心裡的什麼，但是我自己確實有無數次，好像被什麼吸引著，出神地望著那些發光的細波群。也許公公想說的是，這附近一帶從沒遇上過大豐收的落魄漁民，在他們睡眼惺忪的眼中，那些跳動的細波令人瞬間發起美夢來。在聽了這番話時，我感覺話裡似乎還有另一層的意義，然而也僅僅是有這種感覺，至於具體而言是什麼，我也不是很明白。

曾曾木是個一年到頭浪濤聲不絕的窮村子。冬天，來自日本海的強風總把雪也颳得遠遠的。也許是海水還比雪和空氣暖和一些的緣故，絕大部分的雪，在還沒堆積起來就被風颳跑了。也就是因為這樣，不管是雪下得多大的年頭，海岸邊上只看得到一些斑斑駁駁的殘雪。只有雪花、寒風、轟鳴不已的浪濤聲和濺起的飛沫，就像溼乎乎的黑色塵埃般湧起。

越過鄰居屋頂，看得見流過鎮西的町野川注入曾曾木港，只有那一帶，是這段海岸線上比較像樣的沙灘。其他即使是淺灘，也都布滿了岩石，不適合海水浴，鋸齒狀的海岸線一直從西邊的猿山燈塔延伸到東邊的狼煙燈塔一帶。散落在各處的漁港，現在都已名存實亡，幾乎沒有漁船出海打漁了。這

個曾曾木港也一樣，只有兩、三艘小漁船擱置在沙灘上，船名也都磨損得差不多了。不習慣的人，哪怕是為了聽海浪聲特地遠道而來的遊客，半夜裡也會被洶湧的浪濤聲吵醒，叫苦連天。而今天卻不知怎麼了，風平浪靜、陽光下所有景物都閃耀著光芒，除了偶爾汽車駛過的引擎聲，和鄰居晾曬衣物的聲響以外，一片寂靜。

這樣的天氣極為難得，本應該曬曬被子和坐墊的，也還有其他的雜事該做，但我卻依然感覺疲憊不已，提不起勁做任何事情。你弓著背走在雨後鐵軌上的背影，再次浮現心頭，揮也揮不去。我帶著勇一嫁來關口民雄家，一年過去了，兩年過去了，無論如何還是不能停止從你死後那一天起，不知不覺延續下來、在心中的喃喃自語。從輪島開來的巴士停在曾曾木口，理應死去的你從車上下來，勇一看見你的身影，激動地跑來告訴我。我聽到後胸口一熱，哆嗦著跑向巴士站。我想像著這樣極其愚蠢、如夢境一般的情景，一再地窺視周圍，生怕被人發現自己的嘴唇在喃喃顫動。

在這裡，所有勞動人口都到大城市裡去了。光靠打漁撐不起一個家，狹

小的田地種稻米也掙不夠一年的生活費。除了極少數運氣好而能夠在附近公家單位或郵局之類就職的人外，本地並沒有其他的工作場所。不管男男女女，從中學或高中一畢業，就到遠地去謀生了。不僅年輕力壯的人如此，連四、五十歲的男人也都離開家，獨自到東京或大阪打拚。在這裡面，我們一家還算是運氣好的。民雄在輪島一家規模頗大的觀光旅館做廚師，家裡春夏兩季把二樓兩個房間和一樓一個房間做為民宿出租，由我來掌管。雖然錢總不夠用，但好歹一家人能夠生活在一起。民雄成熟穩重，個性溫和，他和前妻所生的孩子友子也跟我很親近。然而即使這樣，我還是在心裡一直悄悄地跟你，丟下老婆和還在吃奶的孩子、說死就死的你，說著話。

很久以前，我們還在二十歲上下的時候，你曾看著我眼睛下方的點點雀斑，露出你獨特的，彷彿望著別處的眼光盯著我，這樣說道：「由美，你該不會在別的地方還藏了很多雀斑吧。」

那是從小要好的你第一次對我說這種怪怪的話。那一瞬間，我的心口猛地一緊，臉上裝作不好意思似地對你笑了笑，原以為我是明白你的話的，但

直到你無端自殺死了，在不停地回想你的許多事之後，才逐漸察覺，你指的並不是女人身體方面的事。我原先一直以為，是跟你十指相扣才覺醒的女性部分，在還沒真正在一起之前就被你說中了，感到心煩意亂不已。還有，你說的雀斑的意思，也愈想愈複雜，也就更不明白你為什麼會走上那條絕路了。

我也曾想過，自己一邊跟現在的丈夫安穩地過日子，一邊又像這樣跟死去的丈夫絮絮叨叨的，真是個彆扭的女人。只是一旦習慣了這麼做之後，不知不覺中就覺得並不是在跟死去的你說話，也不是跟自己的心說話，而是在跟一個模糊的、親近的、懷念的東西說話，有時也會感覺一片茫然而兀自發呆。那個親近的、懷念的東西究竟是什麼，我只覺得一團混亂，搞不清楚所有的事情是怎麼了。為什麼那一晚，你明知道會被碾死，卻還在阪神本線的電車軌道上蹣跚而行呢……

＊

在你死前大約十天，自行車被偷了。你的工作地點螺絲廠離我們家約巴士兩站的路程，你嫌走路太遠，搭巴士又太近浪費錢，於是狠下心買了一輛自行車來代步。那陣子，為何淨是遇上要花錢的事呢。勇一才剛出生三個月，分娩的費用以及其他拉拉雜雜的費用加起來，可說是沉重的負擔，存款幾乎用光了，而螺絲廠也不過是層層發包後的最下游的小廠，工資少得可憐。

「可惡！敢偷我的車？那我也去偷回來！」

第二天是星期天，你憤憤然地出了門，到了傍晚，真的偷了一輛自行車回來。

「我想，既然同樣要偷，就偷有錢人的，所以就走到甲子園去了。」我也不覺得那是做了什麼了不得的壞事，還笑著說：「這下子你嘗到了甜頭，可別上癮真的變成小偷了。」我在給勇一餵奶，你往我的身旁一躺，好長一段時間一直望著天花板。你瘦削的臉頰比二十五歲顯老，從小到大都是紅通通的嘴唇，顯得更紅了。我莫名地不安起來，就說道：「那輛自行車，你得漆掉顏色，別讓人認出來吧。萬一被車主找著了，可就麻煩了。」

冬日西斜的陽光帶著餘溫，從狹窄的廚房窗口照射進來。今年的夏天，說什麼都得為勇一買一台冷氣。六張榻榻米的小房間，買一台小的就夠了吧，我怔怔地想著，聽著外頭傳來有人上下公寓樓梯的拖鞋聲。

「我們客戶裡頭的那家機械工廠來了個相撲力士。」

「咦？相撲選手嗎？」

「說是相撲力士，但眼看沒什麼前途，就退下來了。機械工廠雇他來當卡車司機的助手。應該已經過三十歲了吧，還是結著髮髻，給一個十八、九歲的年輕司機使喚來使喚去的。我啊，每次看到那個髮髻，就覺得很不堪。」

「哦，為什麼？」

「……為什麼呢？我也不知道。那種髮髻怎麼不乾脆剪掉算了呢。」

「你啊，真的走到甲子園去了？」

你翻過身趴在榻榻米上，側著眼看著勇一。「一看到那個髮髻，不知怎麼的，我就一點勁兒都沒了。」說著，你笑了。

「啊，又斜眼了。」

有時你側著眼盯著一樣東西太久，左眼眼珠會往外偏，回不到原位，變成短暫性的斜視。那一次偏得非常厲害，讓我不禁要驚聲喊出來。

你慌忙地揉著眼睛，一臉沮喪的表情背過身去，有好一會兒，一直不停地用手背揉搓著左眼。

「我只讀到初中，沒出息，一輩子都不可能有錢的。」

我想，你應該是因為從甲子園幽靜的高級住宅區偷了自行車，騎回這尼崎的平民區之後便不由得意志消沉起來了吧。

「是沒什麼錢，但跟小時候比起來，我覺得跟你結婚之後很幸福啊。」

我這麼一說，你緩緩地翻身靠過來，問：「噢……真的嗎？」紅紅的、充血的左眼眼珠比剛才還要偏了，你的臉也就變得像一個完全不認識的陌生人。在平時，你的左眼眼珠總是很快就回復原位了，那天不知怎麼的，再使勁揉也還是斜的。

我把睡著的勇一移到嬰兒床上，趴在你身上，用手掌揉著你的左眼。

「等一下就會好的，揉多了反而會疼呀……有時候，收縮眼球的肌肉會

抽筋。」

「那樣會很痛吧。眼睛裡頭會很痛嗎？」

「會有壓迫感。不過不痛。就暫時先別揉好了。」

就像你說的，之後不到三十分鐘，左眼就回復原狀了。可是，剛才那是你卻又不是你的另一張臉孔，卻深深烙印在我心頭，揮之不去。當時，我怎麼就沒想到過，那隻不時詭異地發作的眼睛，其實才是你的真面目呢？我怎麼就沒有從你那隻往外偏斜的左眼中察覺到，十天後你會自殺的徵兆呢……

那一天，從早晨起就一直下著雨。直到晚上七點左右雨停了，除了勇一的尿布，我把晾在屋裡的衣物全都掛到窗外去。窗下方的馬路上，連著三家情人賓館，紅藍兩色的霓虹燈光交雜，向周圍投下一片黑紫色的光。下雨過後的夜裡，那紫色更加深濃，映照進我們屋子裡也顯得奇異而令人不舒服。

過了十一點了，你還沒回家來。你很少這麼晚了還沒到家，我不由得忐忑心慌，坐立難安。我讓磨磨蹭蹭的勇一在自己被窩裡先睡下，陪著躺在一旁，迷迷糊糊地亮著燈就睡著了。當敲門聲把我驚醒，一看時鐘，已經三點了。

我以為是你回來了，打開門一看，門口站著公寓管理員和警察。

「你先生呢？」管理員問，我回答他你還沒有回來。開口的那一瞬間，我感覺到腰間一陣涼颼颼的。我直覺有什麼事發生了，而且是你發生了什麼事，但沒想到這世上竟然真的有這樣的晴天霹靂。

警察小小聲地說：「有個男人被電車碾了，能請你來認一下嗎？」

「啊？是我家那口子嗎？」

這麼問的同時，心中一凜，不覺已經確信，啊，一定是我家那個人，是我家那個人被電車碾死了。接著，舌頭就不聽使喚，說不出話來了。

「總之屍體情況很糟，無法從臉上認出來了，不過想請你看看衣服、鞋子之類的物品來確認身分。」

我把勇一託給管理員夫婦，上了停在公寓門口的警車。警察在車上解釋了情況，他說長褲的碎布上沾黏了像是信封的紙片，上面印著「岡嶋螺絲廠」的公司名稱。

「岡嶋螺絲廠裡的三名員工之中，還沒回家的只有你丈夫。為了找這張

紙片，我們的人可是沿著鐵軌來來回回搜尋了三個鐘頭哩。」

遺物只有一隻鞋子和公寓的鑰匙。這兩件都確定無誤，是你的東西。屍體已經破碎得無法拼回原狀，因此沒讓我看。第二天早上找到了腳趾，從上面的指紋確認了死者是你。

現場就在杭瀨和大物之間，據電車司機說，你當時人在鐵軌正中央，沿著電車行進的方向行走。等電車轉過一個大彎，你的身影進入照明燈的範圍，已經來不及煞車了。汽笛聲和尖銳的煞車聲都沒能讓你回頭，在電車撞上你身體的那一瞬間之前，你依然筆直地朝前走著。據說有六名站在車廂內的乘客，因為緊急煞車而摔出去受了傷。

從當時狀況研判，只能認為是自殺。報紙上有一則小小的報導也是這麼說的，可是我怎麼都無法接受。我想不出任何你要自殺的理由。警方也進行了各方面的調查，也沒找到任何動機。從遺體上也沒檢驗出藥物或酒精。你身體健康、不喝酒、不賭博，沒有其他男女關係，沒有逼你非走上絕路的借貸，何況第一個孩子才出生三個月，正是一個男人要奮鬥拚搏的時期。警方也覺

得費解，找不到你尋死的理由。

每次回想起你死後那幾天的情形，自己都很詫異居然那個時候沒有瘋掉。在中了邪似的、想找個人依靠卻像是遭誰狠狠耍弄了似的、恍恍惚惚的心底，另外有一顆心，它哭不出來也喊不出來，只一個勁兒地往無盡的黑暗深淵裡墜去。管理員夫婦見我不理會身旁哭鬧的勇一，只是望著榻榻米發呆，很是替我擔心，整天輪流守著我。我就像事不關己般地想著：他們該不會是擔心我步上丈夫的後塵，也含煤氣管自殺吧。那時候，我並沒有想過要帶著勇一尋死也沒有思索過今後要如何活下去。你在雨後的鐵軌上踽踽而行的背影，深深地映現在我內心深處的另一顆心裡，如此鮮明。淺藍色襯衫外頭套著簡便西服外套，微微弓著背的獨特樣子，獨自默默走在深夜的鐵軌上；我在這身影之後緊追不捨，拚命想探知你心裡在想些什麼。

這樣的日子持續了好些天吧。漸漸地，迎著前方颳來的冷風，你的頭髮飄動，走在前頭的你，不時會停下腳步，回頭看我。在黑暗中看著我的臉，你的臉，正是偷自行車回家那天晚上斜著眼的另一張面孔。我看見那張臉，

只覺無盡的哀傷，不禁兩腿發軟，怔怔地目送你漸行漸遠，直到變成了一個小點。

「才二十五啊……這麼年輕就守寡……」

媽媽也好，弟弟健志也好，每次來都這麼喃喃嘆息。有整整兩個月，我什麼事都沒做。後來從報紙上的招募廣告看到，公寓前的情人賓館正好要找服務員兼清潔工，我就去面試了。我讓跟弟弟同住的媽媽搬到我的公寓來，幫我照顧勇一。雖然心裡並不是很樂意做這份工作，不過聽人家說，那裏的工作時間比較有彈性，手頭沒事的話就可以回家看看，而且偶爾也會有客人給小費，收入還算不錯。

*

跟你認識，是小學六年級的時候，也就是昭和三十二年（一九五七），那一年，我家裡頭發生了一連串厄運當頭的事。那時候，我們一家住在沿著

阪神國道尼崎段上的一棟木造大型公寓裡。這棟公寓建得有點奇特，在原有的夾道而建的兩排大雜院上頭直接又加蓋了一大棟公寓，增建後與原來的大雜院合為一體。因此，公寓裡有一條土路連接著國道和後巷。這條一年到頭始終照不到陽光的土路上總亮著燈泡，地面上的土也總是溼溼滑滑的，飄散著一股難聞的氣味。土路上頭是二樓走廊，有人經過時便咚咚咚響。附近的人都不喊這棟建築的正式名稱「松田公寓」，而把它叫做「隧道大雜院」。

我們家住在一樓，位於眾多出租房構成的「隧道」的正中央，房間旁邊臨著公共廁所，一年到頭總有一股刺鼻的除臭液從土牆滲透進來。天氣好的日子，跑出外面的大路上，刺眼的陽光會讓人眼花目眩好一會兒動不了。

我家北邊住著擺攤賣拉麵的人家。梅雨季一連下了好幾天的雨，左鄰右舍就在謠傳：「隔壁的做不了生意，日子不好過啊。」然後，有一天，薄薄的牆壁那頭突然就沒了聲息。爸爸過去看看情況，發現賣拉麵的那對夫婦以繩子勒死了兩個女兒，夫婦兩人也上吊自殺了。

到了晚上，爸爸被警察帶走了。據說，死者遺書上寫著：「留下了一些

剩餘的錢，作為處理遺體之用，錢裝在信封裡，放在桌上，後續就拜託了。」但是，那些錢卻怎麼找也找不著，而爸爸是第一個發現屍體的，因此惹上了嫌疑。對爸爸來說，這真是天外飛來的橫禍。爸爸身體不好，個性膽小，實在承受不了三番兩次地被警察叫去嚴詞訊問，終於有很長一段時間臥床不起。

當時，我們一家是五口人，爸爸、媽媽、我、小我三歲的弟弟健志，和八十三歲的奶奶。奶奶腰腿還可以，但耳背得很厲害，頭腦也有些癡呆了。她是高知宿毛人，爺爺去世後，爸爸就把她接來同住，但她住慣了鄉下寬敞的地方，對於尼崎這種潮溼的小房子總顯得很不適應。

大約一年多前，奶奶曾離家出走，後來還讓警察收容了。她見人就問路，說是要回四國宿毛去，有路人好心把她帶到了派出所去。她不只在路面電車的軌道上走，還若無其事地闖紅燈，實在是太危險了。

不管我們跟她說過多少次，即使回到了四國，原來的家也已經沒有了，何況回四國得搭船渡河才行，光靠兩條腿再怎麼會走，無論如何是回不去的，但是她腦子不管用了，怎麼也說不通。

夏天最熱的時候，好多卡車轟隆隆地駛過國道，地面震盪作響，卡車排放出來的廢氣，黑乎乎地充塞著公寓裡頭的那條土路，我屏著氣飛奔到外面的大路上。剛才還躺在小房間的奶奶，已經沿著國道往神戶的方向走去了。我跑過熱氣騰騰、塵土飛揚的馬路，追上了奶奶，像和她玩遊戲般跑到她跟前擋住去路，然後把嘴湊到她耳朵旁，大聲喊道：「奶奶還到處亂走，爸爸可是會生氣的。回家吧，哎，天氣這麼熱，快回去吧。」

奶奶把滿是皺紋的臉一癟，笑著用不容易聽見的聲音說道：「我想死在宿毛，我要回四國去。」

她嘟囔的口氣裡有種罕見的堅決，不由分說地把我推開，又邁開腳步。

我一時呆住了，站在原地，望著奶奶的背影。忽然我回神過來，慌忙跑回家裡，向被誣賴偷錢之後一直臥病在床的爸爸，報告奶奶的狀況。爸爸吃了一驚，爬起床想去追，但又停住了。

「算了，還是會有人把她帶回來吧。我又不能把她綁在柱子上。」

爸爸一臉憔悴和疲憊，在昏暗的房間一角又躺下來了。我便跑去找媽媽。

因為爸爸的狀況如此，媽媽就在附近的土木工程行打工。阪神本線的尼崎站前在蓋大樓，媽媽和其他男工人一起做工，負責用手推車將空心磚塊、三夾板之類的建材運到工地去。媽媽頭戴草帽，上頭綁著手巾垂掛下來遮住臉頰，正在烈日下推著手推車。

我氣喘吁吁地跑向她，正要喊媽媽時，一個男人從媽媽後頭踢了她屁股一腳。

「你這女人敢給我偷懶，休想拿到半毛錢。」

頓時我連奶奶的事都拋在腦後，趕緊跑掉了。我跑過長長的商店街拱廊，陽光從拱廊頂的破洞中照射下來，形成各式各樣的光斑灑在我身上，我漫無目的地跑著，直跑到汗如雨下、喘不過氣了，才停下來。一停下來，只覺得膝蓋以下一片涼颼颼的。原來是一家大型柏青哥店的玻璃門開開關關，冷氣從裡頭泄流而出。我解開上衣的釦子，抓起裙襬擦汗，然後晃晃蕩蕩地進了柏青哥店。只見一個胸部奇大、長著一張鬼臉模樣的女人，正嚼著口香糖在玩小鋼珠。我在機台和機台間的走道上來回走了一會兒，汗水冷卻下來，變

成了冰水，但小腹卻一陣熱辣辣的，覺得很難受。

我之所以清晰地記得這一天的事情，是因為我在柏青哥店裡迎來了自己的初潮。雖說學校的保健課詳細教了該怎麼處理的方法，可我還是驚惶地跑進了廁所。好長一段時間待在廁所裡不知所措，也許店員發覺廁所門一直緊閉著有些異樣，曾經過來敲了好幾次門。我疊了厚厚一落衛生紙，用力包覆在髒了的內褲上，然後若無其事地走了出去。我用手按住裙子前後，慢慢地走回家。即使汗水從短短的劉海滴下來，流進了眼睛，我也始終沒有鬆開按在裙子上的手。

到了家，我進了裡面的小房間，拉上滿是破洞的拉門，端坐著不動。

「由美子，我還是很擔心。你去找奶奶，好嗎？」

爸爸說著，拉開拉門，朝房裡探了探。他察覺到我跟平時不太一樣，一再地追問怎麼了，於是就回答：「我肚子痛。」

我感到一股難以忍受的悲哀。不是害怕生理上的初訊。那是我有生以來，第一次憎恨貧窮這件事。烈日下奶奶在國道上漸行漸遠的小小身影、工地上

被踢了一腳屁股的媽媽的身影，明明是大白天也非要亮著燈泡的潮溼房間，全都一股腦地湧進我的腦海中。我猛力關上拉門，手始終從裙子上按住血已經凝固、變得硬梆梆的內褲。我覺得，直到現在，之所以一到經期就莫名地會有一種冷颼颼的寂寥心情，一定是因為初潮到來的那一瞬間，包裹著我的是在柏青哥店裡變得像冰一樣冷的汗水。

原本以為很快就會有哪裡的派出所來聯繫，等著等著就到了半夜。爸爸無奈之下撐起身體下床，去了附近的派出所，得到的回答是並沒有任何單位來通知收容了類似奶奶的老人。警察一臉「又來了」的神情，一派輕鬆地說，奶奶身無分文，又搞不清楚電車路線是從哪兒到哪兒，一定跑不遠，還是等到明天再看看吧，何況是大熱天，不至於會凍死在路上。然而，從那之後，奶奶就好像被魔神仔給擄走了似的，再也沒有回來了。

爸媽聯絡了親戚，又請各地的派出所發布尋人啟事，但一星期過去了，兩星期過去了，奶奶還是行蹤不明。難道奶奶私底下藏了一些錢，一路上不斷向人打聽，然後從神戶搭上船，真的奇蹟般地回到了目的地宿毛？最後，

爸媽連這種情形都考慮進去了，還寄了限時掛號郵件詢問四國的朋友和熟人。警方為了慎重起見，也向四國的所有警察署發出通告協請尋人，但就是找不到奶奶。

半年後的十二月中旬，一位面熟的警察來到家裡，說道：「可能有非常熱心可敬的人士，收留了奶奶這樣身分不明的老人，也可能是掉進河裡或海裡，沉下去就沒浮上來。這兩種情形的其中一種吧。大概也只能這麼想了。」

到了這個時候，爸爸媽媽似乎也都希望奶奶就這樣不見了蹤影。儘管他們嘴上沒說，但心裡必定這麼想，但願奶奶死在某個地方就好了。

冷不防地，原本一直語氣平緩的警察投來試探性的眼光，接著說：「其實，附近流傳著奇怪的謠言，說現在又不是戰後那種混亂時期，怎麼還會有行動不便的老人失蹤這種事情發生呢？」

「……是啊，我們是骨肉至親，更加覺得奇怪怎會發生這種事呢。」

「我想，讓我們查看一下家裡，應該沒關係吧？」

「你是說，要查這個家裡？」

「把榻榻米掀起來，挖一下地板看看嘛。」

「唔，你是說，我們殺了奶奶，然後埋在地板底下？」

爸爸大吃一驚，看著媽媽。媽媽也臉色蒼白，回瞪著那名警察。看來賣拉麵一家人自殺後留下的錢失竊那件事，爸爸並沒有完全洗清嫌疑。一向老實溫和的爸爸當時氣得渾身發抖，高聲對那個警察挑釁說：「好啊！儘管請便！你想挖哪裡，就挖哪裡，如果找出了奶奶，那肯定是我做的。而且，那筆所謂鄰居留下的錢，說不定也就一起給挖了出來。人要是窮得落魄潦倒，就一定會殺死成為累贅的父母，就一定會貪圖別人的錢財。你別說明天，現在就動手挖啊，來吧。」

那個警察說：「是嗎？既然你這樣說了，那就讓我們動手吧。」

他說了這話就回去了。大約過了三個小時，一輛巡邏車和一輛小卡車停到了後巷，五、六名身穿深灰色工作服的警察手持鐵鍬，走進我們家。他們在屋主在場的情況下，把衣櫃和廚具櫃搬到屋外，掀開榻榻米，開始挖地。大雜院裡的人竊竊私語地圍攏過來。

我哆嗦著緊摟著媽媽。本來我是親眼看見奶奶從阪神國道往西邊漸漸遠去的，這時卻整個人陷入了奶奶屍體會從潮溼的黑土中出現的不安之中。

地板下什麼也沒挖到。警察大略收拾了一下，一臉尷尬的表情撤離時，已經是傍晚了。我們填回土，鋪好榻榻米，把簡陋的衣櫃和廚具櫃搬回了原處，然而那股土腥味似乎還在不停地往上湧。

媽媽側身坐在屋子的一角，把躺著的我的頭移到她膝上。

「由美子，別再穿這種娃娃裙了，你是大女孩了，露出內褲可丟人了。」

「可是，那次之後就沒來了嘛。」

媽媽一邊把我的頭髮編成辮子把玩著，一邊笑。

「剛開始的時候是這樣子的，也有的女孩子之後一、兩年也不來的。」

媽媽的鼻尖和手背曬得很黑，跟一年前比起來，感覺老了許多。

「爸爸明年又要開始工作了，媽媽也要辭掉土木工程行的活兒，去站前的多福什錦煎餅店上班。原本一直在那兒工作的人辭職了，他們要我去接手。」

「是喔，是那家多福嗎？」

「跟由美子一樣的，福氣多多啊。」

「那，我漂亮嗎？還是很醜？」

「會愈來愈漂亮的。」

「就說嘛，現在還是很醜的呀。」

雖然榻榻米和家具都搬回了原來的地方，但我感覺好像躺在一個變了樣的陌生房間裡。望著就要壞掉、微微顫動著的日光燈，一股自生下來之後初次體會到的安心感油然而生。所謂安心，我覺得就是那個時候的那種心情——啊，奶奶肯定死在某個地方了，爸爸也能開始工作了，媽媽也要辭掉建築工地的活兒了，而我也來了初潮了。這樣的思緒一剎那間湧了上來，我沉浸在名為安心的那種轉瞬即逝的心境之中。

你出現在我面前，是在這件事發生之後的第二天。公寓對著後巷最角落的一家，住著一位姓中岡的中年鰥夫。你就是那個嫁來作為繼室的溫順女人帶來的孩子。

我放學回來時，看見你正對著隧道大雜院一側高高的磚牆投棒球玩，頭上歪戴著藍色的棒球帽。一個從來沒見過的男孩子獨自在玩，我不禁在經過時偷偷瞥了你一眼，卻不知怎麼的，心裡非常掛意。你不是那種有什麼獨特地方吸引人的男孩子，可是，我那時候為什麼會那麼在意你呢？那天，你對著磚牆扔球直到傍晚，我有好幾次從遠處偷偷地看著你。

三年後，你媽媽去世了，幾乎就是同一時間，不見遺體的奶奶的死亡通知書也發下來了，註銷了戶籍。直到今天，這件事已經過了二十多年了，還是沒有任何新的消息。要是奶奶還活著，應該已經超過一百歲了，可這是不可能的事，但是我愈想愈覺得，沒有人會死得這麼離奇的。奶奶以這種離奇消失的方式，離開了這個世界，而你就像跟奶奶互換似的，出現在我面前，想到這裡，總讓我感到不寒而慄。

＊

奧能登的天氣反覆無常，才心想著此刻晴朗得令人心情舒暢，哪知轉眼就雲起浪湧，周圍驟暗，如同黑夜降臨。三年前，我帶著剛滿四歲的勇一初到這裡那一天也是這樣。我在金澤換乘七尾線電車，從電車裡注視著天空不斷變換顏色，時而陰時而晴，整個半島像從春天倒回去冬天一樣的昏暗寒冷。

那一天，我是早上七點從尼崎出發的。在向一直關照我，又介紹再婚對象給我的房東夫婦致謝之後，我和媽媽走向阪神電車的尼崎站。戰前公園盛開的櫻花多已凋謝，那一天風很大，滿地落花隨風捲起。

我去買車票，你死去的時候始終也沒有哭的媽媽，站在一旁哭了。早上形色匆匆的上班族，都狐疑地回頭看我們。

「由美子，去了要是不喜歡的話，隨時都可以回來。回來就跟媽媽一起過活。」

「嗯，要是不喜歡，我不會勉強的，就回這邊來。」

「說什麼呀，一旦嫁了人，就得咬緊牙關忍耐，努力融入那個家。要是那麼隨意，當初就別考慮再婚的事。」

媽媽緊緊抱著勇一，說著前後矛盾的話。弟弟健志在汽車銷售公司工作，還是單身。他打包票說：「不用擔心，要我照顧媽媽一、兩個人，不成問題。」所以媽媽的事我是放心的。我安撫了幾句說要一直送我到大阪車站的媽媽，登上通往月台的階梯，一步一回頭。

站在擁擠的月台上，我眺望了好一會兒在這裡出生長大的尼崎街道。這時候，我忽然明白，自己為什麼會興起要遠嫁到能登最北邊的破落漁村的念頭。並不是對那個特地帶著八歲女兒從能登來尼崎相親、三十五歲的男子關口民雄有強烈的感覺，不是因為討厭有害煙塵、三溫暖和夜店霓虹燈圍繞著窮酸公寓的尼崎這個地方，也不是受不了在情人賓館一次次重鋪還留有強烈體味的床單的緣故。是我想逃離一切跟你這個人有關的風景、聲音、氣味。當我察覺到這一點的當下，心中沒由來地浮現出烈日下從阪神國道向西漸行漸遠的奶奶最後的身影，如此清晰。我忽然恨不得能立刻跑回一定還站在檢票口的媽媽身邊去。如果不是那時遇上了阿漢母子，我一定抱著勇一衝下月台了。

阿漢是朝鮮人，身為女人卻剪了個男人頭，穿著男性工作服，獨自開了輛輕型貨車回收廢品。她紅臉龐、高顴骨，實際年齡才三十八歲，但看上去已經是個足足有四十七、八歲的大嬸了。阿漢一左一右牽著七歲的兒子和五歲的女兒，背上還背著八個月大的嬰兒，穿著平常那套工作服在等電車。

她一向不太愛理人，那天卻一看到我就走到身邊來，問：「這麼一大早的，要去哪裡啊。」

我平常只看她老是像個男人叼著香菸開貨車，沒想到聽她開口竟是如此溫柔的女性口吻，一愣之下就老老實實地回答了。

「我要去能登呢。」

「能登？能登在哪裡呀？」

「……石川縣再往上去。」

「去那麼遠做什麼呢？」

前往梅田的快車進站了，我正猶豫不決，不知道該不該走回剪票口，沒想到這時候阿漢放開她兒子的手，一把抱起了勇一，大喊一聲：「衝上去，

給阿姨占個座位！」

車廂門一開，她兒子從正要下車的人腳邊鑽了過去，躺在一個空的座位上喊叫起來。

「占到啦！媽，占到位子啦！」

我還沒來得及說些什麼，阿漢已經帶著勇一上了電車。我也只好跟著上去了。

「噢，原來是再婚哪。」

阿漢的大嗓門惹得周圍的乘客一齊看著我。我很不好意思，趕緊改變話題，問她：「阿漢你呢，這麼早，又是到哪裡去呢？」

「去天王寺動物園。今天是星期六嘛，我想趁上午有空去一下。」

「帶著三個孩子，可真辛苦哪。」

「就是啊。老是吵著要去，說不聽。」

我在搖晃的電車裡想著，到了梅田就直接再回尼崎吧。可是到了梅田，阿漢說她要送我到大阪站。

「今天太早出門啦。時間很充裕啦。別客氣。說不定這輩子再也見不到啦。」

我小跑著跟在牽著孩子快步往前走的阿漢身後，轉念一想，總之先到曾木去，要是真不喜歡，就像媽媽說的，回來就行了。

阿漢進到月台，陪我等雷鳥二號進站。她臉上的表情告訴我她想對我說些什麼，但好幾次張開嘴又閉上了。看著她兩個髒兮兮的孩子，我不禁淚水盈眶。在這之前，她始終不曾好好地跟我說過一次話，怎麼就這麼一路送我到月台來呢，我有一種不可思議的心情。

「接下來要顯真本事了……加油啊。」她正色地說，「兩腿使勁一夾，男人就搞定了。重點是籠絡對方的孩子。這可不是說著玩的，你要認真面對，好好地去做啊。」

電車進站的廣播響起，我不停地點頭答應著，跑去抓住正在月台上跑來跑去的勇一。

列車開動時，把嬰兒隨意捆在背上、左右兩手各牽著一個孩子的阿漢，

還一直站在月台上笑著，露出閃亮的金牙。那是認識十年以來，阿漢第一次對我展露笑臉。

那時我的思緒紊亂，充滿了不安、擔憂和後悔。阿漢究竟為了我這樣的心情注入了些什麼？阿漢究竟是怎麼想的，為什麼要一路陪著我，把從來沒有好好講過話的我直送到月台上呢？我有時會夢見，和阿漢母子一起到某個地方去玩。那顆阿漢一向節儉過日子卻不惜血本安裝的金牙，在夢中，閃爍著格外高貴的光芒。

我們在金澤轉乘七尾線電車，由於每站停靠，花了三個半小時才到達輪島。頭一次出門興奮得靜不下來的勇一，抵達金澤後也興味索然了，在晃得厲害的七尾線老舊車廂裡跑跑跌跌的，不過七尾就睡著了，我也終於可以靜下心來望向外面的景色。左側是低矮的山丘圍著狹小的農田，右邊遠處望得見大海。隨著列車駛進半島的尖端，天色也一點一點暗下來了。到了較大的站，就有許多放學回家的初中生和高中生湧上車來，又在到達下一個大站前漸漸減少，到他們都走光了的時候，又上來一批學生。這些學生和城裡的孩

子一樣，用一種近似傲慢的眼神打量我們母子。

在到達輪島之前，我一直望著窗外，和已不在人世的你說話。想不起說了些什麼，只是那時候已經習慣會在一個人獨處時，下意識地和你說起話來。而且，是和那個走在鐵軌上的你的背影說話。只要跟一想像就心裡發冷的你的背影說話，我的另一顆心就清晰地感覺到一種如癡如醉的、奇異的欣喜。

當從你口中聽到「我喜歡你」這句話時，你可知道我有多麼高興。有生以來，不管那之前或後來，從來沒有那麼開心過。

我們都只有初中畢業。我因為想盡可能讓弟弟健志能夠讀完高中，所以媽媽要我放棄升學時，我也不怎麼難過。我很理解，爸爸長期臥病在床，家裡怎樣都供不起兩個孩子上高中。然而，你卻是自己頑固地拒絕升學，到鐵工廠從學徒做起。母親在你初三的那年過世，你一定是因為怕拖累沒有血緣關係的爸爸，才硬要這麼做的。你功課好，又長得眉清目秀，所以我有很多情敵。那些情敵幾乎都升學讀高中了，這讓我覺得像是和你進入了只有我們兩人的小房間似的，心不可遏止地怦怦直跳。從那之後，一直到我們長大成

人，中間發生了許許多多的事。但即使發生過種種事情，我對你的感覺始終不曾稍減過。

於是我們結婚，生下第一個孩子，而你卻在三個月後，我完全不明白原因的情況下自殺，你以這種形式讓我失去了你。自你死後，我像一副空殼子似地活著。為什麼你要自殺？究竟是什麼原因你要死？我茫茫然地想了又想，想了又想，終於想累了，覺得無所謂了，也就渾渾噩噩地附和著房東夫婦敦促我再婚的提議了。

就要抵達輪島時下起雨來。平交道路口的警鈴聲近了又遠去，鐵軌旁的民房，也變成了似乎來到窮鄉僻壤之地的感覺。

大風颳起毛毛細雨橫掃而來，由於一路上列車裡暖氣十足，熱烘烘的，因此在輪島站下車時身體忍不住哆嗦起來。時值四月，卻冷得像在寒冬一般，我不禁嘀咕，啊，這下可不得了了，來到這麼個地方。勇一還迷迷糊糊地沒睡醒呢，我抱著他，腳步沉重地通過檢票口。一群觀光客模樣的人擠在檢票口周圍，說好來迎接的民雄卻不見人影。我心裡某個緊張焦慮的角落，反覆

地迴盪著這樣的念頭：還是回去吧。我是怎麼啦，我肯定是瘋了，所以才會大老遠地跑到這能登的盡頭來。

約莫五分鐘後，民雄和女兒友子衝進了車站。民雄很抱歉地解釋說，來了一批關西來的團體客，準備他們的飯菜耽擱了時間。八歲的友子被爸爸從背上推了一把，像事先已經商量好怎麼應對似地，低頭鞠躬。

「謝謝你們過來。」

我也隨意地寒暄幾句，就上了民雄駕駛的輕型汽車。車子穿過輪島的街道，沿著海邊狹窄而又蜿蜒的道路走了將近三十分鐘。烏雲漸漸散去，露出一小塊藍紫色的天空。只見厚厚的雲層還在細雨上翻騰，難以辨別這樣的天色究竟是表示天氣即將變壞，還是正要放晴呢。我從布滿雨滴的車窗，眺望不遠處擺盪著的、廣闊無邊的日本海。當汽車穿過幾個小村落，再次來到海岸邊，這首度映入眼簾的曾曾木的海面，竟讓我凝目而視，無法動彈。到底該怎麼形容，當時籠罩在一大片毛毛雨之中的大海的顏色呢，那是我從未見過的、深沉黝暗的大海，只有浪花異樣地、白白地拋起。

關口家是一幢面朝大海的兩層樓老房子，只有屋瓦是新鋪上去的。民雄是家中長子，初中一畢業，就立刻到大阪曾根崎新地的一家餐館工作。他在那裡一待就是十年，取得了廚師執照。本來打算繼續在大阪生活下去，可是又不能丟下年邁的父母不管，剛好輪島的觀光旅館在找廚師，於是就乾脆回曾曾木了。他與本地人結了婚，婚後第三年，妻子就生病去世了。關口家除了民雄父女，還有五年前喪偶、六十八歲的老父，以及三個弟弟妹妹。

弟弟妹妹都各自在大阪和名古屋成了家，所以我沒有婆婆和小姑的困擾。

那天，民雄一把我送到家，立刻又趕著出門了。他說週六的團體客晚宴會到很晚才結束，很抱歉這樣特殊的日子還得出門，可是受旅館老闆託付，實在沒辦法，說他會盡量早點回來，就出門去了。我倒是鬆了一口氣，無所事事地坐在樓下十張榻榻米大的房間裡。我側耳傾聽，啊，這就是海濤的聲音嗎？民雄的父親用我幾乎聽不懂的口音跟我說，明天才去親戚和鄰居家打招呼，今天好好在家休息。他穿著襯衫，外罩一件棉襖，腳上套的黑色二趾襪破了個洞。我問他針線盒放在哪裡，可能因為家裡只有男人已經兩年多了，公公

也不是很清楚，到底東西都收在什麼地方了。聽說他四、五年前曾經輕度中風過，在那之後嘴巴和右手就無法活動自如了。和短髮斑白、滿臉皺紋而模樣溫和的公公相對而坐，我身體裡頭揪成一團的緊張和不安似乎也稍稍減緩了。當我看到特別怕生的勇一一見公公向他招手，就直接走過去坐在公公膝頭，還是吃了一驚。友子穿著紅毛衣紅褲子，一個人孤零零地坐在面對廚房、寬敞的地板間，假裝玩耍，一面窺探我的動靜。我猛然想起阿漢的話，便走到友子身邊。

「從今天起，我就是你媽媽了。」

友子馬上仰起頭來對我笑著，我聞到了一股真真切切的、小女孩的氣味，那一瞬間，我那無所憑依的、揪緊的心情頓時舒展開來。一想到這孩子一直期待著我的到來，我不禁精神一振，潮溼難當的屋子也罷，近在耳邊的浪濤聲也罷，冷冷的、黑得發亮的地板間和畫質很差的電視機都無所謂了，感覺好像已經熟悉多年。

那一晚，面海的二樓八張榻榻米大的房間裡，一家四口的被褥並排鋪著。

經過長途旅行應該很累了的勇一，卻怎麼也睡不著。友子也在民雄旁邊的被窩裡翻來覆去，時不時像想起什麼似地，抬起頭來對我笑著。

我屏息聽著從日本海颳來的陣陣強風，穿透木板套窗的縫隙，像笛聲般響個不停。我發覺，波浪的漲退並不完全保持一定的間隔，每回的強弱不同，起落的方式也不同。我想，是風勢的緣故吧，到了冬天，這裡會是颳什麼樣的風呢？一般尋思，我閉上了眼睛，開始迷迷糊糊的時候，民雄的手伸進被窩裡來了。

每次套窗喀登一響，我就睜開眼睛，望著天花板上的小燈泡。人的心究竟是怎麼回事？棉被、枕頭都散發著毫不熟悉的氣息，我卻自然地擺動身體，去接受一再想要融合的對方。只有那個時候，死去的你，以及你的背影深深地埋藏在我腦海深處，在轟隆隆的風浪聲中，微微滲出汗來。

忙碌而開懷的日子持續著。民雄是個很好的人。旅館房客的早餐，由住在館內宿舍的年輕廚師負責，因此，民雄只有在週日，才需要早上五點去當班。其餘時間只要沒有太多的團體客，通常只要十點出門就可以。不到一個

月的時間，友子就能毫不勉強地喊我「媽媽」了。公公也很喜愛勇一，晚飯過後，他就讓勇一躺在他的膝頭。勇一也完全把爺爺的膝頭當成自己的地盤，一玩累了，就爬上去休息。我也逐漸和附近那些總是戴著面紗遮住古銅色皮膚、背著竹簍來來去去的太太們熟稔起來，不時結伴一起搭巴士去輪島的早市。不知不覺間，我對於浪濤聲、風聲、波濤洶湧的浩瀚大海、屋子背後那座不算矮的石黑山上樹葉沙沙作響的寂寥感、還有在這一切景物圍繞下散布在各處的民房，已經不會覺得格格不入了。也不會被烏鴉、海鷗、像一陣煙猛地竄起來的大群麻雀，還有雨後必然出現、橫跨在地平線上的巨大彩虹驚嚇到了。住慣了之後，不禁感嘆，這奧能登實在是一塊貧脊得超乎想像的土地啊。我開始明白，當一個地方看不見有年輕人打拚幹活的身影，是多麼的淒清啊。

有些人家的太太，因為丈夫到東京工作而兩、三年沒見到面的並不稀奇，當中還有一去就毫無音信、五年了沒有收到過一筆家用匯款的。有的人家子女一畢業，就到城市就業，之後在外頭成家立業，再也不回來了。尤其是曾

曾木和周圍附近的村子，漁業早就廢了，村裡頭只剩下老人和小孩。這幾年旅遊觀光熱，旺季時期飯店、旅館接待不了那麼多旅客了，才使得整個奧能登民宿經營興盛起來。比起大飯店和旅館，大城市的學生和上班族似乎更喜歡住民宿，於是鄰近的家家戶戶只簡單地改建了浴室和廁所，便在大門口掛起「民宿協會」的招牌。

民雄在秋末的時候提出我們家也來辦民宿吧。他小心翼翼地表示，很早就想辦了，只是礙於家裡沒有女人才擱著。

「而且，畢竟我是在旅館工作的，辦了民宿當副業，好像跟本業競爭似的，也不太好。」

沒想到，民雄試探了一下旅館老闆對這件事的態度，老闆居然爽快地表示贊成。老闆說，旅館和民宿的客層不一樣，如果有臨時上門的散客，把他們轉介紹到民宿，客人也很高興，反而是好事一樁。

「我覺得很難開口，好像是專門為了這個而請你來的，何況，一旦開辦，幾乎所有的工作都要靠你一個人……」

民雄的理由是，比起借錢開個不怎樣的餐廳，還是在旅館裡做廚師要安穩些，不過，如果這樣下去，孩子大了就會有問題。民雄認為友子是女孩，問題不大，反而勇一是男孩子，無論如何也要供他上最好的學校才行。輪島街上做生意的那些家庭不論，這裡幾乎沒有一戶人家能供得起孩子上大學的。我很感謝民雄的心意，而且我自己也閒不住，於是說好逐步改建房子，預計在隔年的黃金週開始營業。

第一次迎來的曾曾木的冬天，是難以言喻的，每一天都是狂風大雪，浪濤洶湧。我們圍坐在被爐裡，聽著公公訴說往事，不禁思忖，這僅能靠著鹽鹼地和搏命出海來維生的奧能登人，是以怎樣的智慧和堅忍才得以生存下來呢？勇一穿著民雄奶奶織的、這裡的人稱為「裂織」的防寒衣，在淺雪地裡玩耍。他的臉頰因為帶著鹹味的海風不停颳送而又紅又腫，一黏著鼻水，皮膚就裂開了。我心滿意足地看著住在尼崎時老是東張西望，眼珠子動來動去的勇一，這時候的眼神已經變得柔和而堅定了。我不禁想，再婚的決定是對的。我大致上每個月寫一封信，略帶誇張地告訴媽媽，在關口家的幸福生活。

然而，每當我和友子在廚房裡收拾著東西，邊聽著民雄和勇一從澡池裡傳來的笑聲，卻還是會不由得心想：啊，如果那是你和勇一，該有多幸福。當這個念頭一起，我的腰際就嗖地一陣發冷，一股不安和恐懼同時襲來。我恐懼的不是怎麼會有這種念頭的自己，而是突然從這世上消失的你。你為什麼要死掉呢？為什麼直到被電車撞上的那一瞬間還走在鐵軌中央呢？你這麼做，究竟是想走到哪裡去？我停住正在洗碗的手，目光落在洗碗槽的角落，死命地想著，一心尋死的那個當下，你心裡究竟在想些什麼？

那是個風特別大的日子，再過十天就是新年了。

為了向衛生所提出關於辦民宿的文件，我把勇一託給公公照顧，從曾曾木搭巴士來到輪島。出門時，雪花橫掃，但辦完事後走出衛生所時風雪停了，於是我很難得地一個人逛了逛大裁縫店，又走進化妝品店買了點東西。我從路旁一排漆器老店前的狹窄馬路走去輪島車站，坐在咖啡店裡喝著咖啡等待巴士發車。

一個三十歲左右的男人獨自走進店裡，點了一杯咖啡，雖說一眼就能看

出他不是本地人，可是，怎麼看也都不像是個觀光客。那個人碰也沒碰擱在桌上的咖啡，就又走出店裡了。我之所以會留意起這個人，是因為他有嚴重的斜眼，就跟你偷自行車那天晚上愈揉愈嚴重的眼睛很像。

那個男人上了我搭乘的、往曾曾木的巴士。輪胎捆上鐵鍊的巴士走得比平時慢，一個多小時之後才過了大川的村子。那男人乾巴巴的頭髮梳理得很整齊，卻一副疲憊至極的神情直盯著大海看。每次一靠站，他都站起來又坐下，似乎猶豫著是否要下車。我從這個男人身上感覺到一種不尋常的氣息，然而說到底，那只不過像是我的多愁善感。我直覺，這個人是來這裡尋死的。

男人在曾曾木口前一站的河原下了車，下車時彷彿用那隻斜視的眼睛看了我一眼。我也慌忙地下了車。當時腦子裡也還沒有想好該怎麼辦，就只是尾隨在他身後。儘管那人在前一站下了車，卻沿著冰封的海邊道路，朝曾曾木走去。

面海的簡陋民房，用箭竹做了圍牆圍住屋子，防禦狂風和濺起的海浪。圍籬上黏著冰粒似的雪，被來自海上的狂風颳得劈里啪啦作響，飛散開來。

打在防波堤上的浪花，從上頭澆灑下來。屋瓦上的雪片颳到半空中，眼看著要落下來，卻又被風吹向山邊去了。路上只有我和那人的身影，我用戴著毛線手套的手掌按著包裹著頭的圍巾，渾身溼透，跟在他身後。在這一刻，黑漆漆的天空和大海、飛濺的海浪和轟鳴的浪濤聲，以及冰一般的雪片，所有的這一切都消失了，只有我，和走在深夜濡溼的鐵軌上的你，只有我們兩個人走著。那是我用盡力氣去擁抱也不曾有所回應的背影。是我不管怎麼問，用什麼話砸向你，都絕不回頭的背影。是骨肉至親如何哀求，都充耳不聞的背影。啊，你只是想死而已，沒有理由沒有為什麼，你只是一心想死罷了。這麼一想，我霎時放棄了繼續跟隨，停住了腳步，呆立在那裡。我目送著你逐漸遠去。

等我回過神來，發現沙地旁停了一艘寫著「松本號」的漁船。我從防波堤的缺口走下沙灘，彎著身子抵擋日本海吹來的猛烈海風，一直走到了那艘白色的小漁船旁邊。我靠著漁船，望著眼前這一片呼嘯聲不斷逼近的黑色大海，圍巾和外套幾乎都要被風扯掉了，我卻感覺不到一絲寒冷與恐懼。我緊

緊貼在這艘被丟棄的漁船上，久久地看著這片冬天的海。我的身體也隨著大海的搖晃而搖晃著。我想回到尼崎那個隧道大雜院去。

不管怎樣都無所謂了，我不要什麼幸福了，就這麼死掉算了。這樣的念頭，如同眼前轟然而起、浪花飛濺的洶洶波濤，不停地從我心中翻湧而出。我像個孩子一樣嚎啕大哭。這一刻，我清楚明白了，你已經死了，啊啊，你是多麼寂寞、可憐的人哪。淚水和嗚咽讓我的臉都不成樣了，但我還是哭了又哭，無法停止，不知道自己究竟在那裡哭了多久。忽然，我一轉頭，只見民雄站在身邊。我驚叫一聲，好一會兒說不出話來，只是看著民雄投過來的銳利眼神。

「你怎麼了？怎麼會在這種地方？嗯？究竟發生什麼事了？」

我向後一退，民雄抓住我的肩膀。

「不管怎樣先回家吧。待在這種地方會死人的。」

公公和勇一躺在被爐裡睡著了，沒看到友子，大概在附近的朋友家裡玩吧。民雄摟著渾身發抖的我上了二樓，先打開被爐開關，又點著了煤油爐。

我凍到嘴角都麻痺了，想說話也說不出來。換上衣服後，我窩進被爐裡縮成一團，一直抖個不停。在我緩過氣來之前，民雄一句話也沒問。他倒了熱茶，等我喝完了，才瞪著我。

「怎麼回事？你得說清楚。」

他看我沉默不語，於是便語氣平和地問：「你不喜歡這個家？」

我搖搖頭，但也懶得去想該怎麼解釋才好。

「看著大海，不知道為什麼就覺得很悲傷。」

一聽到我好不容易才開口所說出的話，民雄隨即露出了從來沒有過的嚴厲眼神。

「我又冷，又悲傷，不由自主地眼淚就流出來了。」

「可是你為什麼會躲在那樣的地方看海？」

「之前的太太，和我，你喜歡誰？」

那時候，為什麼我會衝口說出那樣的話呢？我和民雄對視了一會兒，用自己也感到吃驚的挑逗口吻喃喃問道。

民雄眼中流露出放心的神色。然後，他結婚以來頭一次動作粗魯地對我調情。我想問他怎麼找到躲在漁船另一側的我的，卻沒開口，只是盯著已變成褐色的榻榻米紋路。

*

嚴酷的寒冬結束，春天也轉眼就過去了，進入旅遊旺季的五月，我們迎來了民宿的首批客人，是三個結伴從大阪來的大學生。那之後到整個黃金週期間，可說是忙得不可開交。因為最初只打算做夏天的生意，所以其他時候有客人來投宿，我們既是高興又為難，不知道該怎麼應付才好。我們一家原本都在樓下的十張榻榻米房間生活起居，一旦客人不期而來，只好手忙腳亂地收拾騰出二樓來。還因為不好只端出簡陋的飯菜，有時就讓民雄偷偷地帶些魚回來。就這樣過了夏天，一直到九月中旬，都不斷地有客人來住宿。這一年來過的客人，又介紹別的客人來，到了第二年，有好幾天連家人自己睡

覺的房間都沒有了。一年過去，兩年又過去了，我們置齊了像樣的餐具、被褥，我也學會了算帳，很快就能核計出在哪個部分、要怎麼做才能賺到錢了。

去年秋天，為了出席弟弟健志的婚禮，我帶著友子和勇一回到離開了兩年半的尼崎。原訂民雄也要一起回來的，但把公公一個人留下來怎麼也說不過去。

「你信寫得勤，我也就放心了。勇一明年就要上小學，真的長大了哪。」

媽媽在新搬進去的公寓裡有一個小房間，看起來過得很輕鬆愉快。

「健志看來做得很不錯啊，租了一間有這麼多房間的公寓。」

「媳婦是鋼琴老師，有三十多個學生，收入比健志還多呢。」

媽媽指著屋子裡的大鋼琴，略帶不滿地笑著。

「一天到晚聽那些孩子彈琴，可是彈得可真是難聽啊，聽久了，人都要瘋掉了。」

我很感謝健志的太太，結了婚還肯跟婆婆一起住。

「婚禮前一個月就一起住了。這年頭的年輕人，也不在乎做事得要有個

先後順序……話說回來，要緊的是，由美子，你的事看來我也可以放心了。」
「嗯，您就放心吧。」
媽媽很高興，她摸著友子的臉頰，笑著說了又說：「我是外婆喔，你是我的外孫女喔。」
第二天，婚禮結束後，我回去以前住過的隧道大雜院所在地一帶走走。兩年半前離開尼崎的時候，這裡還是原本的隧道大雜院，現在卻已改建為大型的停車場。我也去拜訪了為我再婚做媒的房東夫婦，然後帶著勇一和友子進了公園旁邊的咖啡館。那是你時不時會去坐坐的咖啡館，看見這兒保持著原來的門面和樣子，我不禁懷念起來。燙著鬈髮的年輕老闆一看見先是愣住，然後馬上走了過來。他知道我再婚了，卻還是一副很懷念的樣子，說起你以前的事來。
「那一天，八點多鐘，他也來到店裡，喝了咖啡。」
「……那一天是？」
「就是，他死的那一天呀。他下班後，順路拐到這邊來，喝了杯咖啡。」

「……是嗎？」

「那一天他來的時候也跟平時沒有兩樣。所以第一天我在報紙看到消息，真的是大吃一驚。前一天晚上，他還坐在櫃檯邊，笑咪咪地聽我們胡扯呢。」

「他都回到過這裡來了啊？」

我情不自禁地這樣追問道。我根本沒想到，那一天晚上，你都已經回到家附近了，還過來喝了咖啡。

「他好像忘了帶錢，說馬上回家拿，我就說，下次來一起算沒關係。」

「哎呀，他還欠著咖啡錢？」

「他走的時候說，老闆，不好意思，帳先掛著，我下次來付。後來知道他那一天晚上自殺了，感覺就像在作夢一樣。」

我要把你的帳付了，但老闆連連擺手說：「不不，我說這件事不是為了收錢。我從來也沒想過要收這個錢。不用、不用，這個錢我絕對不會收的。」

我在返回曾曾木的電車上一直反覆想著：那天晚上，已經回到家附近的你，為什麼出了咖啡館的門還會走上電車鐵軌上去了呢？你在走出咖啡館的

大門之前，根本沒有想過要死的。儘管這樣的想法毫無根據，但我就是不可思議地如此確信。

如果是這樣，出了咖啡店之後，在你身上發生了什麼事？我想像了幾種能想到的情況，拿來跟一個人下定決心尋死的各種理由相對照，卻怎麼也不覺得你跟那些事扯得上關聯。

在這之前我並未認真去想你那天晚上的行蹤，但即使如今我看似終於能把你的死因限縮在某個時段了，然而這只是錯覺。你從咖啡店出來到走上鐵軌中間的這段約兩個小時的時間，反而像一個晦暗不明的、深不見底的黑洞，在我心中無限地擴大開來。

那一年是十二月三日下的初雪。雪從半夜開始下，到了黎明時分才停。我突然醒來，看了看枕頭邊的鬧鐘，時間是六點剛過了幾分。若是在春夏兩季，房子後頭或是海邊就會傳來有人下田或小船出海的動靜，但一過了十一月，周圍就悄無聲息了。但是，這天，房子側邊傳來了緩緩走向海邊的腳步聲。踩踏在雪地上的腳步聲嘎吱作響。我還半睡半醒，迷迷糊糊地想著，這場初

雪下得可真大哪。聽不見洶洶海潮和北風怒號，讓我一時不知自己身在何處。

我爬起來，點著了煤油爐，披上民雄的開襟外套，打開套窗。只見和煦的朝霞映照著沼澤般寧靜的海面，難以想像這正是嚴冬時節。朝霞染紅的初雪，堆積在馬路、防波堤和沙灘上，卻一點也不像是雪，就像鋪了一地的炭火般。

發出腳步聲的人是留乃。她大概四十歲上下，就住在往宇出津的國道上，一條小路拐進去的盡頭，有魚鱗瓦外牆的那間土倉房。她丈夫不久前才出門去大阪打季節工。他們靠一塊小小的田地種稻米，只夠自己吃，所以不時會挑個風平浪靜的好天氣，駕馬達小艇出海去捕幾條鱸魚、黑鯛換點錢用。

我想，既然留乃要出海，今天海面上應該是風平浪靜了。她行事一向很謹慎，若是有可能起風浪，絕對不會出海的。而且她很擅長根據雲和風的狀態，來預測當天的天氣，這一點甚至連村子裡的老人都對她另眼相看。

在町野川注入大海的地方，有一座小沙丘，留乃的小艇就停靠在那裡。留乃把所有能穿的衣物都穿上了，踩在鋪滿雪層的地上，往沙灘走去。紅色

的霞光遍灑在她身上，使她整個人散發出一種神聖的光輝。我忘了刺骨的寒冷，出神地望著她。

她發現我在套窗後看她，停下腳步對我喊了一句。我指著耳朵表示沒聽清楚，要她再說一次。

「我要去捕蟹，你要買嗎？」

留乃通常會賣得比較便宜，於是我便點頭表示同意，伸出手，比了比三隻指頭。

「三隻？好，就三隻喔。」

這時，我已完全清醒，目送留乃的小船響起馬達聲，開出了海面。太陽逐漸升起，紅霞迅速消退的海面上，出現了點點光芒，而且比平時的範圍更廣闊。在不見一道白浪，風平浪靜的海中央，漂浮著金粉似的光。不久，留乃的小艇就和那些光合而為一了。

「喂！還不關窗嗎？家裡都要結冰柱子啦。」

聽到民雄說話了，我關上套窗，回到被窩裡。

「雪堆得可真高。」

「你又一邊看著雪，一邊跟誰說悄悄話了吧。」

我一驚，試探性地問道：「誰？跟誰？」

民雄翻了個身，轉向我這邊，嘻嘻笑著說道：「那我可不知道。」

他睡眼惺忪，一眨也不眨地看著我好一會兒。曚矓的目光漸漸有神了，手伸了過來，擺弄起我睡衣衣襟交疊的地方，然後撫摸著我的臀部，悄聲說：

「我發現啦。」

「……發現了什麼？」

「這裡也有雀斑。像小女孩的屁股。」

「騙人。那種地方怎麼會有雀斑。」

「誰騙人了？……你不知道嗎？」

「誰會注意到這種事嘛。」

看樣子又要來磨蹭了，我推開民雄的手，起了身。

「我呀，從小就有自言自語的毛病……還常常被媽媽罵呢。」

「真搞不懂你們女人在想什麼……算了，一白遮九醜啊。」

民雄硬是要拉我回被窩裡去，我好不容易終於擺脱時，套窗喀噠喀噠地響了起來。

準備早飯時，風勢更大了，平時聽慣的浪濤，如同地鳴般一陣陣壓過來。強風吹得海岸的積雪翻捲起來，變成一片片薄薄的雪片，飛向村子。

我擔心留乃的安危，不時從廚房小窗注視著能見度只有二、三十公尺的海面。無數浪花匯成一個個小小的龍捲渦旋，被吸向陰沉沉的天空。那麼風平浪靜的海，竟然説變就變，轉眼間風雲變色，實在令人難以置信。看我一臉擔心的神色，公公説：「沒事的。留乃可是個不死身，她啊，就是游也能游回來。」

公公嘴上是這麼説，臉上卻沒有笑容。民雄出門時，順路去了漁業合作社，報告留乃駕馬達小艇出海捕蟹的事。聽説聚在合作社裡的幾個老人家聽了個個面面相覷，然後一陣譁然。

「現在海面上狀況太險惡了，根本就沒辦法出海去救人。」大夥兒無計

可施，也只能先等風暴過去再說。

到了傍晚，風暴還是沒有停息。我回想起今天早上那根本不像是曾曾木大海的祥和朝霞，心裡頭刻畫著留乃的小艇變成一小顆光點消失的情景。而這時候，堆積在沙灘上的雪都已被風颳走了，只有被猛烈的浪花席捲上來凍結了的斑駁殘雪，像灰色血管一樣，黏著在地面上。

就在這時，從大谷往輪島的巴士停了，留乃從車上走了下來。我以為自己在作夢，跑出大門去，確定那是留乃本人沒有錯時，便快步往漁業合作社跑去通知大家。

看見那麼多老人家朝她圍上來，留乃吃了一驚，似乎一時間不知道該從何說起。

「我是出海了，但海面實在太安靜了，靜得我漸漸預感到不妙。我馬上醒悟，這一定有問題。於是，我立刻調頭，趕緊往回走，心想，差點就上當了。可是即使這麼早就察覺到不妙，也只來得及在真浦的岩岸靠岸。在真浦上岸後，順便去親戚家休息，等風小了，巴士開動才走。」

真不愧是留乃，把這片大海的底細摸得一清二楚啊，老人們不住地誇獎她，又紛紛開起她的玩笑。留乃看見我，把手裡的塑膠袋往我一遞，若無其事地說：「你要的螃蟹，抓到了。」

我目瞪口呆，接過三隻蟹，跑出酒氣熏天的合作社，在夾著雪的大風中跑回家去。

回到家後才發現自己沒有付螃蟹錢，於是一吃過晚飯，就去了留乃家。我走在鋪滿雪的路上，腳下不停傳來彷彿玻璃碎裂的聲響。土倉房的小窗透出光線，魚鱗牆上圍了一圈正在曬干的柿子和蘿蔔。我敲了敲入口的門，裡頭傳來留乃的大嗓門。

「是誰呀？門沒鎖。」

原本給了錢就要走，但留乃端了杯熱開水給我，說這麼冷的天還讓我特地送錢過來，太不好意思了。

「你先前的丈夫是怎麼死了的？」

在這之前已經很多人問過這件事了，每次我都是隨口敷衍，但這次面對

留乃毫無遮掩的大嗓門，我卻不禁答道：「自殺死的。被電車碾死了。」

「哎呀，是這樣啊，太悲慘了。」

留乃陷入沉思，她的眉毛牛成八字形，眼角卻朝上吊起，在臉龐正中央形成一個明顯的菱形。這樣的長相，乍看之下還真讓人分辨不出，她是個和善的好人還是壞心的人。

「關口家的民雄，也是因為義江病死了，好可憐。死去的義江，是這裡往前一點的寺地人。民雄原本打算在大阪住下來的，就是因為要和義江生活在一起，才搬回來曾曾木。他們是自由戀愛結婚的，老婆卻年紀輕輕就死了，實在太悲慘了。」

我回到家，就先讓勇一和友子一起洗澡。我心想著，說什麼戀愛結婚的老婆哪。既然恩愛，又為什麼在那麼恩愛的老婆去世之後，會把我這樣的女人給娶進門呢？

「媽媽的屁股上有雀斑嗎？」

我在浴缸裡站起來，彎下腰把屁股朝向友子 友子找了一會兒，說：「有

了，有了。這裡有好多。」

她說著，捏了捏我從腰部到屁股縫的地方。然後，又拿來兩面鏡子，變換著角度要照給我看。可是鏡子馬上蒙上了水氣，看不到。

「以前沒有的，好奇怪啊。」

於是友子一會兒看著我眼底下的雀斑，一會兒又去看屁股上的，比過來又比過去。然後，取笑我說：

「媽媽，屁股上的不是雀斑，是斑點啦。」

我笑了，突然想起抵達輪島那天，對我深深一鞠躬，然後說「謝謝你們過來」，那時候友子的臉龐。友子幫洗好澡的勇一擦乾身體後，又進到浴缸裡來，然後悄聲地磨著我說要我給她買這個、還想要那個。等她發覺到我的心情不是很好，就不再糾纏，默默地起身準備離開。

「要把頭髮擦乾了再進被窩啊。」

我說著，拍了一下友子的背。

那天晚上，民雄喝得醉醺醺的，很晚才到家。雖然風暴停息了，但是曾

曾木的海岸仍然籠罩在一片夾雪的海浪和大風之中。震耳欲聾的海濤聲，對居住在這裡的人而言，已經不是什麼噪音了，只不過是一種很熟悉的響動，我已經能夠不以為意地入睡了。

「喝成這樣，開車很危險哪。」

我推著怎麼說也不肯換睡衣，就直接縮進被窩裡的民雄，想起了留乃的話。「自由戀愛結婚的老婆」這句話一直討厭地盤旋在我腦海裡，揮之不去。我怎麼也按捺不住心裡那股不斷湧起的，對民雄死去妻子的醋意。我拉走民雄的被子，扶他坐起來，衝著他大喊：「你說謊！」為什麼會氣成這樣，自己也說不清楚。

「你不是說，你是因為不能把爸爸一個人丟在這兒，才不得不回到曾曾木來的嗎？」

「……噢，啊，對呀。」

「我聽說了，你是因為想跟之前的太太結婚，才會從大阪回來的。還說是什麼『自由戀愛結婚的老婆』哪，既然那麼寶貝的老婆死了，為什麼還要

娶我這樣的女人做後妻呢？」

民雄一臉茫然，默不作聲，我愈想愈氣，不禁衝口而出。

「你知道，我總是在跟誰說悄悄話嗎？」

「……跟誰呀？」

「還不就跟你呀，跟友子，跟爸爸說啊。」

然後，我又像在掩飾謊言似的，喊著前言不搭後語的話。

「我拚了命地一個人在心裡跟你們叨念著、思考著，拚了命地想成為這一家的人，可你卻是為了想跟『自由戀愛的老婆』結婚，才特地回到這曾曾木來的。你是個大騙子！你騙我！」

民雄竊笑著，哄小孩似地壓低了聲音說：「好啦好啦，這種事情明天再說啦。求求你啦，這麼可怕的事，等明天再講。」

說完，他拉起棉被蒙住了頭。我一下安靜了下來，他又好像擔心起來，隔著被子問：「你怎麼了？……睡了嗎？」

那一瞬間，迄今為止一次也沒有說出口的話，猛然脫口而出。

「我一想起他不知為了什麼自殺，為何走到了鐵軌上頭，就怎麼也睡不著了……你說，他是為什麼呢？」

民雄不發一語。他縮在被窩裡，也不知道這一刻是什麼表情。我換上睡衣，鑽進被窩。過了很長一段時間，幾乎連我都快忘記剛剛問過那樣的問題時，民雄冷不防地說了。

「人要是丟了魂，就不想活了。」

「……魂？」

他這才從棉被裡露出臉，不久就發出了鼻息。

我閉上眼睛，聽著三人的鼻息，想著從「隧道人雜院」來到這曾曾木漁村，這段漫長時間的種種變化。失去你的哀傷，對我的震撼超乎尋常，直到此刻，那股震撼依然沒有平息。你自殺了，這種旁人無從猜測、找不到任何原因的死法，讓我懊惱、悔恨又哀痛，而這份因痛失所愛、令人想要搥胸頓足的哀切始終在我心裡盤旋不去。我也因為這份悔恨與哀痛而活到了今天。這時我才察覺，儘管沒有下特別功夫，但民雄和友子對我已經是不可或缺的

了。我和勇一已經在不知不覺間成為關口家的一分子了。也許正是一直對著你的背影說話，讓險些頹靡不起的我一步步走到了今天。

你的背影浮現了又消失，消失了又浮現。每當這種時候，我的心頭就映現出不幸的真實面貌。看著你的背影，我深深地了解到，啊，這就是不幸呀。

迷迷糊糊之間，我的心情彷彿漂浮在一片溫暖的海洋之中。那是二十多年前，警察搜查我家地板那一天，我躺著，頭枕在媽媽膝頭上，一模一樣的那種不可思議的安心感。大海的喧囂、套窗的砰砰響、雨後踽踽獨行在鐵軌上的你的背影，都被我推得遠遠的了。我躺進深深的安心感裡頭。

＊

冬天過去了，新的一年到來。春天時，勇一也進小學了。

自從那次以來，我一直在想，民雄會那麼說，究竟是出於什麼樣的想法呢？雖然並不是那麼明確，但是我慢慢地、深切地感覺到，這個世上，確實

有一種會讓人丟了魂的病。不是那種表面的，好比體力、精神之類的，而是人自己養在身體裡的，能將內心深處至關緊要的魂魄奪走的一種病。

而也許患上這種病的人，心裡頭會映現出這曾曾木海上，稍縱即逝的、難以言喻的美。春意更濃，曾曾木的海變成了墨綠色，我一個人出神地眺望著那時而波濤洶湧、時而風平浪靜的海面。

看，海面上又閃亮起來了。由於風和日光的某種聚合，大海一角突然躍起點點光芒。難道說，那天晚上，你也看見了鐵軌前方閃爍著類似的光燦？

我定定地注視著，甚至感覺到，一陣陣悅耳的聲音，隨著細波的光傳送過來，彷彿那裡不是大海，不屬於塵世，而是祥和而安穩的一個角落，讓人想要優哉游哉地走上前去。但是，哪怕只是一度見識過這片曾曾木大海狂暴本性的人，也必然能體察到，那些細波其實是暗黝而冰冷的大海的入口，從而醒悟過來。

啊，能像這樣跟你說話，還是感覺很好。只要向你傾訴，身體的某個部分就不時湧起一陣揪緊的疼痛，那是一種很美好的感覺。

樓下傳來公公帶著痰的咳嗽聲。他肚子餓了，就以這種方式通知躲在二樓偷懶的我。不知道他想起了什麼？一整天都坐在簷廊上，笑瞇瞇的。

勇一也差不多該放學回來了。

夜櫻

在阪急電鐵的御影站下車後，綾子在春風吹拂下，拖著沉沉的腳步走在幽靜住宅區的坡道上。亮敞敞的道路上，盛開的櫻花悄無聲息地飄落下來。

由於腰帶繫得太緊，胸口那一帶很難受。綾子就快五十歲了，她跟丈夫分開大約有二十年，獨生子修一因為交通事故去世也快一年了。

在陡峭的斜坡上停下腳步，回頭望去，能看到一片大海。神戶的海在春天的霞光下閃閃發亮，彷如一塊銀版。無論心情多好的時候，綾子都從來不曾滿懷著幸福感，眺望過能從這兒望見的那片海洋。只要看見拖航的大型郵輪或貨船，她心裡就湧起一股奇特的落寞，總是駐足在坡道上好一會兒，凝望著遠方的海面。綾子的家還要再往上走一百公尺左右，位於某家銀行董事長宅邸和一個德國商人的洋樓之間。這幢房子是從一名結婚第二年生意開始

走下坡的投機商人手上便宜買下來的。兩層樓的檜木建築，有高大的樹籬圍繞，院子很大。

往左一點看去，六甲連山近在眼前，開上收費公路的汽車變得像豆粒般大小，消失在一片綠意之中。坡道上除了偶爾傳來小孩子的喊叫聲外，再也沒有其他聲息。綾子再度提起腳步，隨風飛舞的櫻花瓣令人心煩。一個面熟的女學生從對面走過來，錯身而過時，對綾子笑著說：「您好像有客人。」

綾子加快腳步，氣喘吁吁，脖頸、後背都滲出汗來。從坡道向右一拐，看見了站在家門口的山岡裕三，她的前夫。

「不好意思，我去了一下梅田的百貨公司，所以耽擱了……」

綾子時隔二十年再度見到裕三是在去年修一的喪禮上。做五七、七七的時候，裕三也都過來陪她聊了些家常。裕三在神戶經營一家船舶運輸公司，比綾子大三歲。

「這是怎麼回事？」

裕三指著貼在門柱上的紙，問道。那是綾子出門時貼上去的，上面寫著：

「歡迎寄宿，僅限學生，需有擔保人」。
「我想，二樓空著也是空著……」
「……手頭上不方便嗎？」
裕三皺了皺眉，向綾子問道。綾子不作聲。
「不用這麼麻煩。直接跟我說一聲不就行了嗎？」說完，以凌厲的眼神瞪著綾子。
「那不一樣。女人獨居多少不安，有個人同住的話，也可以解解悶。」
「現在的學生古怪的也很多，反而更麻煩。」
「是嗎？」
進了門，綾子領著裕三到面向院子的八張榻榻米大的房間去。這個房間以前是客聽，修一死後，綾子就住進了這裡。她一打開檐廊的大玻璃窗，裕三隨即走過來，站在一旁眺望院子裡的櫻花。
「盛開了哪。」
「今年好像比去年早了五天左右。」

修一死的時候，正是櫻花盛開的那一天。四月十日。

「這裡的櫻花開得特別好。」

確實如同裕三所說，綾子家的櫻花不論顏色還是數量，都比其他人家院子裡種的櫻花要好得多。只見那三棵巨大的櫻樹，枝葉交纏般在寬大的庭院中央聳立著。裕三的父親在戰後從那名投機商人手上買下這幢房子時，庭院裡就有這三棵櫻樹了。

「我家那邊的櫻花就是開了也開得稀稀落落的，很難看。」

綾子恨不得能早點把和服的腰帶鬆下來，換上便服，但正因為來客是裕三，反而逞強硬撐著。喪禮和七七忌日都有綾子的親戚在，今天算是綾子時隔二十年真正單獨面對前夫。裕三在綾子遞過來的坐墊上盤腿坐下，說道：

「修一一週年忌日的事，您儘管放心，我會全部處理好的。」

原本「你」字都到了嘴邊，裕三卻又慌忙地改成了「您」，綾子看著裕三那幾乎全白的剛硬頭髮，感覺至今隱忍了二十年的東西，正慢慢翻湧上來。

於是，她坐在榻榻米上，將目光定定地投向庭院裡的櫻花。一片又一片的花

瓣彷彿從一個盛得滿滿的木籠子裡不斷溢出，連同春光不住地灑落在地面。

「隔壁那個德國人還在吧？」

「嗯，還在。聽說今年八十歲了，但還是很有精神。聽說最小的孫子娶了日本人，他不喜歡，還鬧出很大的風波。」

「來到別人的國家，有本事單打獨鬥建立起家業，多少還是有點頑固不化吧。」

「你工作上還順利吧？」綾子問裕三。

「不景氣啊。但整個大環境都不景氣，沒辦法啊。平時都在公司工作到十點左右。」

「跟年輕小姐出遊的時間，肯定還是能空出來吧。」綾子笑著挖苦他。

「已經沒那個力氣啦。」裕三說著，一臉落寞地瞅了前妻一眼。

「要是早知道修一會先走，當時就不會跟你離婚，真是犯了無可挽回的大錯……」

二十多年前，裕三也是說著類似的話，向綾子求婚的。當時，裕三正值

二十五歲，在位於神戶北野町一家會員制的餐廳，熱切地對綾子低語著。那是一家由外國人經營，當時少有的高級餐廳。

「要不是被徵召入伍，早就跟你求婚了。縱使明知會死，至少也得先擁有你。我一直都覺得，自己犯了一個無可挽回的人錯……」

綾子不由得納悶，為什麼這些話還記得這麼清楚呢？韓戰開打了，裕三父親經營的船運公司大賺特賺，發了大財。跟綾子離婚後的第二年，裕三父親去世，他繼承了父親的事業。

「之前找不到機會跟你說，其實老爸挺牽掛你的。臨終時還念著：要是她找到好人家再婚，我也就能卸下心裡的負擔了……」

綾子想起公公的白髮和瘦削的身軀。那時，公公跪在御影這個家的門口向綾子賠罪，懇求兒子兒媳不要離婚。而綾子只是邊哭邊孩子氣地叫喊著「不要不要」。

「若不是親眼看見的話，我還能忍，可是，就在我眼前，我親眼看到了裕三摟著別的女人……所以，我絕對要離。」

綾子心想，要說「無可挽回」，當時自己所說的這些話，才真正是無可挽回。裕三和綾子經過了長時間的戀愛才結婚，卻只一起過了三年多的婚姻生活就分手了。是公公決定把當時才一歲的修一和御影這個房子給了綾子的。儘管每個月都收到孩子的撫養費，但綾子在修一滿三歲時就出來工作了。伯父在六甲口開了一家舶來品店，最初綾子幫忙做些簡單的事務工作，後來她慢慢掌握了進貨和與客人打交道的訣竅，三年過後，就負責掌管店面了。但是，她卻不曾想過要自己開店當老闆，直到去年四月修一過世之前，她都一直在伯父的店裡工作。當然也有好幾次，有人來說媒，可是綾子卻沒這份心思。最大的理由是自己有房子，生活也過得很輕鬆，但真正的原因是她對已經分手的山岡裕三無法忘懷。綾子有時也會想，儘管丈夫是不知人間疾苦的公子哥兒，但認真一想，自己也一樣是嬌生慣養的大小姐。聽說裕三再婚了時，綾子整個人都傻住了，牽著修一的手，在石屋川的河邊來來回回走了好幾個小時。這些都是很久以前的事了。

綾子一邊往茶壺裡倒熱水，一邊看著裕三身上的春季西裝。是灰色帶一

點藍的，做工精細的三件式西服。

「還一身年輕人的西裝打扮，可見還想大展身手啊。」

「饒了我吧。大女兒都要出嫁了……」

裕三爬過榻榻米，雙手捧起裝飾在壁龕的青瓷壺。

「真令人懷念啊。」

這個青瓷壺是公公的心愛之物，綾子和裕三離婚時，公公給了綾子。她眼前浮現出公公那雙溫柔的大眼睛，忽然吐露了連自己也料想不到的話。

「這一次我就饒了你，你可不能再亂來……那時候要這麼說就好了。」

甚至連「修一也就不會死了」都脫口而出，綾子突然哭了起來。裕三把青瓷壺捧在胸前，默默地看著綾子。

「我也孩子氣，你也是個被寵壞的大少爺……」

哭著哭著，一股無邊無際的絕望感籠罩了綾子。彷彿被丟棄在茫茫原野中的寂寥感，從繫得緊緊的腰帶上，深深勒進綾子的身體裡。原本以為自己不是那種會在男人面前如此哭哭啼啼的女人。更重要的是，她不是很喜歡婚

姻生活，也從來不曾主動去找過結婚對象。離婚之後也不曾感到過這樣的寂寞。自己應該屬於那種比較淡泊的女人，結果害得連修一也死掉了……雜亂無序的思緒一下子湧了上來，綾子怎麼也止不住往下淌的淚滴。也許是因為跟裕三兩人這樣單獨相對而坐，才讓綾子更加感到悲傷。綾子站了起來，默默地去了隔壁的房間，她解下腰帶，脫下和服，手捧著要換穿的連衣裙呆站了好一會兒，目光落在房間的一角。

「我老婆住院了。」

裕三的聲音隔著拉門傳來，綾子從簷廊走回裕三所在的八帖間。

「是子宮肌瘤。」

「要動手術嗎？」

「而且醫生說，可能還不只這個問題，不開刀的話弄不清楚狀況。」

「什麼時候？」

「手術是下週二。人瘦得有點不正常……」

兩人沒有繼續交談，又把目光移向院子裡的櫻花。

「晚上這裡的櫻花很漂亮吧？」
「是啊。隔壁董事長院子裡的水銀燈，剛好給了很好的照明效果。」
「喲，那一定很好看吧。」
裕三叮囑完絕不可以把房間出租後就回家去了。綾子看了看時鐘，是下午兩點。就在綾子開始在廚房洗洗刷刷時，門鈴響了。她應門一看，一個陌生的年輕男子站在門外。
「我想問一下招租的事，已經找到人了嗎？」
年輕人問道。他個子很高，身上穿著藍色工作服，怎麼看也不像學生。
「還沒有。那是剛才貼的……可是，我想還是算了。」
「算了？」
綾子走到年輕人身邊，撕下那張招租單，胡亂地摺起來。
「我原想把二樓出租，但突然又改變主意了……」
「二樓，是朝南的那個房間嗎？」
年輕人説著，指了指。他看綾子點頭，滿臉歡喜，從胸前的口袋裡掏出

名片遞給綾子，並鄭重地鞠了一躬。

「就今天一個晚上，請把二樓房間租給我好嗎？」

「就一個晚上？」

「我絕對不是什麼可疑分子，被子我會自己帶過來，也會把房間打掃乾淨，明天一早離開，不會給您添麻煩的。」

事出突然，綾子不知該怎麼反應才好，只是瞅著年輕人的模樣。年輕人又鞠了好幾次躬。看他一臉坦蕩蕩的笑容，不像在打什麼壞主意，不過，綾子也無法輕易點頭答應把二樓的房間租給他。眼前這名看起來很善良的年輕人，也可能突然變臉，半夜裡拔刀相向。

「只租一個晚上的話，你找家旅館或飯店不就好了嗎？抱歉，我不能租給你。」

「……還是不行啊。」

年輕人滿心遺憾地仰頭望著二樓，忽然想起了什麼似的，說道：「那根電視天線，固定它的鐵絲鬆了，所以您看的時候常常畫面不清楚吧，我幫您

修一下。我是修理、安裝電器的，其他您家裡的電器設備我都檢查一下，幫您調好。住宿費我也會付，就請您把二樓房間租給我一個晚上吧。」

「為什麼你就只想在我家住一個晚上呢？」綾子生氣了，厲聲質問起年輕人。

「我想在這種都是大房子的安靜地方好好睡上一個晚上。」

這古怪的說法讓綾子不覺笑了出來，結果脫口說：「既然這樣，你現在能幫我修理電視天線？微波爐的定時開關也壞了，冰箱除霜效果也不靈了，要是這些你都幫我修好的話，可以考慮。」

正當她心想：「這下糟了！」時，年輕人已經跑向停在一旁的輕型客貨兩用車，隨後拿著像是裝了工具的提袋走回來，直接走進大門。綾子提心吊膽地把年輕人帶到廚房，沒說話，只指了指微波爐。

「我做其他的事沒一件像樣的，但修理電器可是天才。」

果然如他所說的，年輕人才擺弄了定時開關約五、六分鐘，就輕輕鬆鬆修好了。

「這裡往東過去一點，有一家牙醫，對吧？」年輕人說。

綾子看著頭髮理得很短的年輕人那健康的臉龐，一顆懸著的心慢慢安定下來。她從冰箱裡拿出可樂，倒進杯子裡拿給年輕人。年輕人應該早已察覺屋裡就綾子一個人，若是心存歹念，早該動手了。

「那位牙醫在醫院旁邊新建了房子，是三層的豪宅，從他家樓上可清楚看見您家的院子。」

「啊，整間屋子都能看到？」

「家裡頭當然看不見，可是院子裡的櫻花看得很清楚。很大、很漂亮的櫻花樹……」

年輕人拔掉冰箱的插頭，把冰箱移到廚房中央，檢查背後的機器部分。

「那棟房子的電力配線全部是我做的。我從五天前起就一直在欣賞您院子裡的櫻花了。」

年輕人說，恆溫器壞了，沒辦法馬上就修好，於是先修屋頂的電視天線，綾子和年輕人上到了二樓。原本打算要出租的那個朝南的八張榻榻米大的房

間，是修一生前的房間，書櫃、衣櫥都跟一年前一樣，還在原來的位置，修一從學生時代起就很寶貝的三支網球拍也還掛在牆上。綾子打開已經拉上了兩、三個星期的窗簾，從這個房間望出去，無論是南北向行駛的阪急電車軌道、國營鐵路的軌道或是更遠處的阪神電車軌道，都一覽無遺。從六甲山麓，直到另一頭的神戶大海的風光，都以院子裡的櫻花樹為中心伸展出去。

「您想要招租的是這個房間嗎？」年輕人站在窗邊，向綾子問道。

「是這麼想過，但是已經作罷了。」

年輕人看著網球拍和書架，猛然想起什麼似的從長褲後口袋裡掏出了一張五千圓的鈔票。

「我的預算只有這麼一點點。」

「我還沒有決定要租給你呢。」

聽了綾子的回答，年輕人露出笑容，拿起鐵絲和鉗子爬上屋頂。

「摔下去可不得了哪，我家的屋頂很陡，你小心啊。」

「太太，您去打開電視好嗎？」年輕人在屋頂上喊道。

綾子趕緊走到樓下，照吩咐打開電視機，然後走到院子，望向屋頂。

「畫面怎麼樣？」

聽到這話，綾子又回到房間去看電視螢幕。她轉了好幾個頻道，然後跑到院子裡大喊。

「哎呀，畫面變得很清楚了！」

年輕人的面容從屋頂一角露出來，又退了回去。綾子爬上二樓，等年輕人從屋頂上下來。她感覺好像已經與年輕人認識很久了，心情也難得變得輕鬆起來。

她想，既然年輕人這麼想在這個房間住上一晚，那就租給他一個晚上吧。年輕人從屋頂上下來了，一頭汗水。宛如初夏的豔陽，在遠處家家戶戶的屋頂上反射著耀眼的光芒。

「這個房間是您兒子住過的嗎？」

對於年輕人的詢問，綾子坦率地點了點頭，從窗戶探出臉，指著石屋川的方向說。

「他迷迷糊糊地出去買菸，在那個轉角被車撞倒了。」

「……啊。」

「他死了。當場死了。」

年輕人也跟綾子一樣，把臉探出窗外，凝望著石屋川。他曬得很黑的大手皮膚粗糙，布滿了割傷裂口。

「大學畢業了，剛進去貿易公司上班。」

前方的阪神國道上，許多汽車奔馳而過。天氣很晴朗，天空卻不見一絲藍色，港口蜿蜒的海岸上矗立著一排排工廠的煙囪，一直延伸到大阪灣那頭。綾子與年輕人並肩站在二樓窗前，眺望著眼前開闊的景色好一陣子。

「今天晚上可以讓我住下來嗎？」年輕人小心翼翼地問。

「就一個晚上。而且不提供餐飯，也沒有任何服務。」

年輕人說，他傍晚會帶著被子過來，高興地離開了。年輕人一離開，綾子就陷入極端後悔的情緒，她心裡七上八下，只好藉著洗衣服和打掃廚房打發直到傍晚的時間。她想過，打電話到年輕人工作的電氣工程行，推掉同意

借宿的事，有好幾次她拿著年輕人給的名片站在電話前，卻又猶豫不決，內心掙扎了很久之後終於下定了決心。她想，既然說定了，就不改了，再說這年輕人看起來很溫和、開朗，應該沒有歹意。

後來，一位鄰居太太來邀她去購物，於是便去了一趟車站附近的商場。鄰居太太自顧自地閒扯著一些無聊的話題，好比最近去做義工的事啦，法式薄餅的做法啦，杏子果醬的做法啦，等等的。綾子隨口附和著，心裡浮現的是裕三的面容。感覺他的到訪並不單單只是為了修一一週年忌日的法事，但兩個人分手都已經二十年了，關係也遠了。只是當初為什麼就是一次也不肯原諒染指公司年輕員工的裕三呢？綾子和那個饒舌的朋友並肩走在櫻花飄落、安靜的坡道上，不住地問自己。

霎時，她的脖頸一陣熱辣辣的。陽光和煦，可是她的脖子到臉頰一帶卻如同襲上一股熱浪，而腰際、小腿肚和腳尖又同時竄上一股涼意。自從修一出事以來，她的月事變得不是很規律，大約三個月前，只來了一點點就停了。雖說也到了這樣的年紀，但綾子還是感覺到身上的某些活力般的東西正在消

失而焦躁不安。

家門前放著一個大大的被袋，換了一身西裝的年輕人兩手插在口袋裡，正等待著綾子的歸來。綾子和鄰居太太道別，一邊將發冷的手指往熱烘烘的臉頰上擦貼，一邊走向家門。

「打擾了！」年輕人高聲向她打招呼，扛起看似沉重的被袋，然後手腳俐落地把被袋擱進二樓的房間，又立刻下樓來。

「你還真是挺自來熟的，看來以後很會做生意。」綾子毫不修飾地咕噥著。自作主張卻又不致引起別人的不快，是這個年輕人天生的特質吧。

「八點左右我還會再過來，麻煩了。冰箱我明天一定會修好。」

綾子還來不及反應，年輕人已經坐上那輛客貨兩用車，開下了坡道。

八點剛過一會兒，年輕人來了，而且不只他一個人來，還帶了一個穿著樸素米色洋裝的年輕女子。綾子慌了。她感覺被人耍了，她把他們攔在進門處，讓兩人坐下來。她正想要發話，年輕人先開口了。

「這是我老婆……不過，是今天才結的婚。」

「……今天？」

那女子絲毫沒有輕浮的感覺，但絕對談不上美貌。她害羞地低頭致意，小聲地說：「打擾了。」

「說是結婚，但我們只是去市公所繳交了申請書……」

年輕人說著，隨即拉起女子的手，留下目瞪口呆的綾子看著他們逕自上了二樓。自己家被陌生男女當作情人賓館用，綾子簡直氣到說不出話來。她想叫他們走，卻又沒有氣力追上二樓下達逐客令。所幸這兩個年輕人給人感覺不至於低俗沒品，綾子無奈之下只好關上大門，上了鎖，回到了自己的房間。浴缸裡早已放好熱水，她卻無心入浴，不時豎起耳朵留意著二樓的動靜，奈何房子蓋得很扎實，什麼聲音也聽不到。一大片蒼白的光從隔壁董事長家透了過來，看來是水銀燈開了，照得綾子家院子裡的櫻花更是清麗非凡。

過了十點，綾子複雜的心情漸漸緩和下來，便去洗了澡。不上班之後，外出也少了，綾子幾乎不再化妝，附近的太太朋友取笑她因此反而看起來更年輕了，但綾子明白，臉上有了多餘的肉，正是已經到了一定年紀的證據。

突然，她想起裕三以前老是要她一起共浴的事，只要綾子拒絕，裕三就立刻拉下臉來。因此綾子只好很勉強地隨他進了池子，蜷縮在他的手臂裡動也不動。她怎麼也沒辦法在男人面前泰然地裸身露體。

起身後正擦乾身體時，一種不妙的預感倏然掠過腦海。「殉情」兩個字冒了出來，她擔心起來，難道這對年輕人會因為某種原因，打算做出不可挽回的傻事？綾子急急忙忙地穿上衣服，到樓梯口往上窺看著二樓的情況。然而聽不見任何說話聲和動靜，看樣子這兩個人應該不會驟然翻臉變成小偷或強盜，但感覺上好像有更嚴重的事態會發生。二樓的走廊和房間都熄了燈，一片漆黑的樓上，此刻確實有一對陌生的男女在裡頭。

綾子想，是不是應該打電話報警呢？但一想到萬一，自己的不安最終只不過是杞人憂天，那就太難堪了，於是又遲疑起來。她想不如暫時先回房間吧，進房後她心神不寧地鋪了床，在睡衣上又套了件薄外套，靜靜地端坐在圓墊子上。過了十一點時，她終於下定了決心，走上二樓。她的心怦怦直跳，躡手躡腳地靠近那八張榻榻米大的房間，正想出聲打招呼，這時微微聽見了像

是兩個人躺著說話的聲音。綾子在一片漆黑的走廊上，側耳傾聽。

「可不許睡著啊。」

「……嗯。」

一陣響動，年輕人的聲音移到了窗邊。

「過來這裡。」

「不，不行……我會害羞嘛。」

「黑漆漆的，什麼也看不見啦。」

「我穿上衣服再過去。」

「今天不冷，不穿也可以。」

「跟冷不冷沒關係啦。」

女子的聲音也移到了窗邊。綾子明白是自己多慮了，整個人彷彿洩了氣一般渾身乏力。

「可以遠眺大海，又有盛開的櫻花圍繞，能住上一晚，而且預算只有五千圓。為了達成你這樣的願望，我可是絞盡腦汁哪。」

女子含混不清的笑聲，直滲入綾子心中。

「很美的夜櫻吧。」

「真的……太美了。」

「神戶的夜景也看得很清楚。」

説話聲中斷了。女子輕輕笑著。似乎兩人正藏身窗邊，欣賞著庭園燈餘光照耀下的夜櫻。

「我覺得，女人想幸福，絕對要嫁給有錢人。」

「我也這麼想。」

「説得好像跟你無關似的……我們哪天也要住像這樣的房子呀。」

「……嗯。」

「……好敷衍的回答啊。」

綾子又悄悄地下了樓。

關了自己房間的燈，打開簷廊的玻璃門，這是一個溫暖的夜。綾子心想，也許明天會下雨吧。她坐在簷廊上，久久地眺望著那別説是下雨，只要一點

點的風也會吹落的滿樹櫻花。以往從來不曾如此屏息地注視過，盛開的櫻花彷彿巨大的淺桃色棉花團，鑲了一道青綠色的光，漂浮在半空中。也彷彿一個妖豔的生命，正撲簌撲簌地散落著、凋零著。綾子決定，這個奇特的不眠之夜，就和櫻花一同度過。

此刻不見星星與月亮，庭石和陶椅也沒入黑暗中。心頭只有夜櫻花瓣不斷飄落的情景，完全沉醉在溫暖花雨的浸潤之中。想必二樓的那兩個人已經不在窗邊，重新鑽進被窩了吧。這想像如此真切，彷彿連兩人的體味都能聞到。綾子就這樣沉浸於夜櫻的光華中。思緒紛湧，忽然，她彷彿看到了。啊，是這樣啊，綾子想。可是「這樣」是哪樣呢，只有綾子自己才明瞭。在這一刻，綾子覺得自己可以變成什麼事都能接受的女人。就在凝視著今天這即將凋零殆盡的花團的某一瞬間，她看到了怎麼成為能坦然面對一切的女人的方法，可是這模模糊糊的感覺，卻在她的目光從夜櫻移開時，又消失無蹤了。

蝙蝠

蘭多去世已經五年了。我會知道這件事，是因為很偶然地在人潮洶湧的大阪車站遇見了松岡，聽他說起的。

秋末的一個星期天，我從阪急電車的月台過了天橋，穿過昏暗，而且充斥著難聞的食物氣味的飲食街，走進混雜著空調暖氣和人體熱氣的國鐵車站時，跟一個似乎有點面熟的男子擦身而過。對方也一臉訝異地停下腳步，面露微妙的表情，但我們又各自邁開腳步往前走去。我走了幾步，一邊回頭看，對方也是，於是我們確認了彼此應該曾在哪裡見過。

「你，不就是康助嗎？」

那男子小跑著過來，問道。會喊我「康助」的只有高中時代，而且是特定的小圈子，所以那一刻我終於想起了這個人是誰。

「你變胖太多啦，我都認不出來了……有十年沒見了吧？」

我這麼一說，松岡伸出兩手扳著指頭數了數，回答說有十三年了。我既沒有什麼特別的懷念之情，又想著和洋子約好的時間已經遲了很久，便漫不經心地問他「你現在在做什麼？」、「等一下要去哪裡？」泛泛的話。松岡伸舌舔了舔香菸濾嘴，慢條斯理地點上菸。在高中時代他的嘴角老給人猥瑣的感覺，到了現在那種猥瑣感還是在吸著菸的噘嘴動作中顯現出來。

「我在房地產公司做業務，正要帶一位大叔去下仁川。」

「仁川……賽馬嗎？」

松岡沒回答我的問題，卻好像猛然想起了什麼似的說道。

「蘭多，死了。」

「……死了？」

「死了都已經五年了。」

我正想要答腔，松岡露出兩顆大虎牙笑著說：「你還是老樣子嘛。」然後大聲道了再見，再點個頭，快步離去了。他好像也在趕時間。

聽說蘭多死了，我有好一會兒站在原地怔怔地目送著松岡離去的背影。我想知道蘭多是怎麼死的，卻也沒想要追上去問個明白。蘭多的濃眉和鷹鉤鼻從我心底慢慢浮現，我不禁感到一陣哀傷。走在地下街有如早晨尖峰時段的擁擠人群中，我想著，蘭多絕對不會是因為交通事故或者是被人殺死的，一定是得了什麼病才死的。

跟松岡分手之際他那句「你還是老樣子嘛」勾起了餘波，讓我反覆地揣想著高中退學後就直接加入了某個黑社會組織的蘭多，他桀驁不屈的體魄和面容，彷如籠罩在一片朦朧的影子中。

＊

洋子說想去京都。我知道她喜歡一乘寺附近那座詩仙堂的庭園，不過那裡一年到頭都是觀光客，我實在提不起興致。

可是，洋子提出想去京都，也是在暗示她會主動，於是我們再次回到阪

急電車的總站。當洋子嘟囔著想去京都時，眼白的部分總帶著點藍色。

往河原町的特快車很擁擠。我們站在車門口的地方，隔著玻璃沐浴著秋日和煦的陽光。洋子望著窗外，瞇著眼，眉頭緊皺，彷彿陽光很刺眼似的，潤澤透亮的口紅四周，透明的汗毛帶著光輝，比平常濃郁的化妝品香氣中，也混雜著洋子的體味。

「整整兩年過去了。」

洋子責備似地咕噥著，伸出食指把沾在我下巴的髒東西弄掉。

「嗯……剛好兩年了。」

我已有妻小，而洋子二十九歲，還單身。她有過情人，父母也給她介紹過幾次結婚對象，但最終都沒有結果。

「我老媽很擔心，但老爸似乎覺得事情都按照他的意思發展，還挺開心的。他說，既然這樣，就怨不得人了，我就把幫你找的那個男的收為養子，來繼承家業。看起來好像就會照老爸的想法去做吧。」

「要能繼承你老爸家業的養子，還非得是個能幹的手藝人才行哪。」

洋子家是相傳七代的昆布老鋪。她有一個小三歲的妹妹，已經結婚了，丈夫在貿易公司工作，現在住在美國。對於我的這句話，洋子只是報以曖昧的笑容。她是個話不多，但心思都寫在臉上的女子，這使我不由得在意起她今天的曖昧態度。

抵達京都時，原本晴朗無雲的天空卻變得一片昏暗。上了計程車，我告訴司機每次和洋子來京都都會去投宿的旅館名字，洋子瞥了我一眼，便把視線移到另一側車窗外的景色。

「詩仙堂等傍晚的時候再去吧。」

我說道，眼前已全是洋子裸裎相對的影像。計程車穿過大馬路之前，那些鮮明火辣的畫面不停閃現，但在車子開過知恩院之後就消退了。洋子彷彿看穿了我心思慾念，纏著說想先去詩仙堂，於是讓司機改去新的目的地。

「今天是星期天，到處都是人，哪有欣賞庭園的氣氛。」

眼看好事要往後延，我的腦海又浮現出洋子柔軟的裸體，於是再次要司機改變目的地。司機別有意味地確認道：「先去象屋旅館，對吧。」

「對，請先去旅館。」

我看著洋子，故意若無其事地說道。我知道，洋子就是想要我這麼做。

＊

蘭多的本名叫山田欄堂，這個名字很少見，班上同學都「蘭多、蘭多」地喊他。他打架本領高強，品行不佳，常被老師盯上。高一時，他跟外校的一群不良少年發生鬥毆事件，被停課了一段很長的時間。高二時，他又無故曠課，整天泡在不良場所，被警察抓去輔導過。雖然他違反校規的行為不斷，奇怪的是，班上的同學卻很喜歡他。他既沒有那種壞學生常有的野蠻下流，也不欺負弱小。

我們就讀的那所高中是間男子私立學校，男孩子之間總也有很多小摩擦，但蘭多捲入的卻多半是讓那些半調了壞孩子也心生畏懼的流血事件。他總是會用石頭或小刀，把對手的身體弄出些血來，但下手有分寸，不至於造成大

傷，點到為止就算了。一見血，那些小流氓就畏怯了，在一臉酷相、老成威嚴的蘭多面前臣服了。

不知為何，蘭多似乎對我有好感。我是個成績、操行都很一般的普通學生，跟蘭多的小圈子並沒有交集。

然而，無論是在通學的電車上、操場的一角，或是教室走廊的轉角上，只要一遇見蘭多，他就會朝我扔過來一片口香糖，或者是親熱地一邊笑著喊「康助、康助」，一邊走過來。班上其他人都喊我的本名「耕助」，只有蘭多他們那夥人會喊我「康助」。

對於蘭多的這種態度，我沒有任何不快，只是納悶，平時我也沒怎麼跟他說過話，為什麼他會對我這麼熱絡呢？再想到他平日的言行舉止，總覺得不可思議，但也只能隨他去。可是儘管如此，我也從來沒有相應地對他熱情以對。從他冷冷的，但絕對談不上凌厲的眼神中，我感覺到一種奇特的空虛感，這使我明白我與他完全是兩個世界的人。

暑假過後不久的一個炎熱的星期六，上午的課結束了，我和幾個同伴一

起走去國鐵的車站，一邊嬉鬧著一邊等車。這時，蘭多一個人從聚在月台一角的一群同學當中走了出來，向我招手。

「今天陪我一下，可以嗎？」

「陪你？要去哪裡嗎？」

「你沒別的事吧。」

「……嗯，是沒特別的事。」

蘭多撇下自己的同伴和我的同伴，走到月台盡頭，然後從月票夾裡拿出一張照片，說道。

「很可愛吧。」

照片上是一個差不多與我們同齡的女生，一個人坐在一條小艇上。她的短髮鬈得很好看，雖然是一張有點模糊的黑白照片，但五官拍得很清晰，所以我想，本人一定更漂亮。

「嗯，很可愛的一個女生。」我答道。

我從蘭多手上接過照片，看了好一會兒，想到自己一個女性朋友都沒有，

心裡好羨慕。

「這是誰？」

蘭多一臉認真，小心翼翼地把照片收進月票夾，說道：「我今天想去見這個女生，一起去吧。」

「要去到哪裡呢？」

「鶴町，鶴町三丁目。」

我完全不曉得「鶴町」到底在哪裡，蘭多也好像只知道是在大阪市內的某處。

電車進站了，我們把各自的同伴遠遠地拋在身後，上了最前面的車廂。

「我想去找找看，我想要見她。去了鶴町三丁目，應該能夠找到吧……康助，你身上有錢嗎？」

「有，但是不多。」

我從口袋裡掏出爸爸給我的零用錢。

「我身上沒半毛錢，你借我吧。」

直到現在我都還不明白，當初為什麼曾想跟蘭多去一個連去都沒去過的地方，那時候究竟是怎樣的心情呢？是出於對蘭多莫名的好感？還是對照片上那個美麗少女產生了興趣？

但也許不單是這些，應該還有十七歲的我在蒸騰的殘暑熱氣中突如其來的一股衝動吧。

總之，我和蘭多兩人去了大阪車站。

那時候，大阪站前的巴士總站有一個服務處，是一間小小的、老舊的水泥屋。賣回數票的老人滿臉皺紋，頭戴一頂大草帽，在等巴士的人群四周走來走去。我們就在那個服務處詢問怎麼去鶴町。

「鶴町的話，就在大正區嘛，大阪港的附近……」

服務處的工作人員攤開大張的市區地圖，思索起來。蘭多把書包放在柏油路上，向服務處櫃台探出身子，窺看著地圖。

「坐五十三路巴士……到大運橋下車，然後再換市營電車。這應該是最近的走法了。」

「去到那裡要多久呢？」

「嗯，大概一個鐘頭吧。」

我住在大淀區，算是土生土長的大阪人，卻從沒聽過大運橋這個地名。

「在大阪港附近喔……嘿，那傢伙住在那樣的地方啊。」

蘭多家在尼崎市，比我更不熟悉大阪。

我們在烤箱似的熱氣中等五十三路巴士。巴士一直不來，我和蘭多都摘下學生帽塞進書包裡，敞開白襯衫的領口，不停地擦汗。蘭多板著一張臉站在我旁邊，一句話也不說，我心想，既然不想跟我說話，為何又要約我呢？

「你為什麼不找那些人跟你一起來呢？」

我說了幾個儼然是他的跟班，平時都圍著他打轉的同學名字。蘭多盯著地面，像在思索。他的鷹鉤鼻鼻尖反射著炙熱的陽光，閃出油膩膩的光。這段記憶還鮮明得教人不快。

「那些傢伙不牢靠。」

「我更不牢靠吧。」

於是，蘭多臉上浮現出笑容，目光移向了我。表情定格般定定地看著我。

「你還可以。去陌生的城鎮找女生的家正合適。」

儘管我搞不懂自己哪裡還可以，又是怎麼個合適法，但我望著站前百貨公司的屋頂，回了一聲意義不明的「嗯」。我正跟蘭多要求要再看一次那個女生的照片時，巴士終於來了。車上客滿，但從江戶堀過了川口町，車廂裡就空盪盪了。我坐在座位上，看著車窗外的一排排的街道，感覺好像小時候父母曾帶我來過，但又好像只是錯覺。

巴士劇烈地搖晃著，停靠在本田町、境川之類的地方，過大阪的西邊往南走。我感覺被拉到髒兮兮的市區以外來了，想回家的念頭漸漸萌生，但又想，都已經到這裡了，沒辦法，只能好人做到底了。那時心裡隱約有一種不好的預感。

大運橋是終點站，從大阪一直搭到這裡來的只有我們兩個。雖然工廠林立，卻靜得有點可怕。我們下了巴士就要繼續往南走，眼前卻被一間巨大的工廠擋住了路。

左邊是一大片臨時搭建的木板房，鍍鋅的鐵皮屋頂反射著刺眼的陽光。蘭多想繞過一塊空地，隨即又停下腳步，原來地上躺著死掉的狗，而且不只一隻，有好幾隻肚破腸流的狗被丟成一堆，其中還有沒有頭的屍骸。惡臭之中，一大群綠頭蒼蠅嗡嗡亂飛，籠罩了無風的空地一角。

蘭多和我面面相覷，倒退了好幾步。我們搞不清楚為什麼會有這麼多狗的屍體。整個街區籠罩在一片古怪的寂靜之中。

我一看，蘭多的襯衫被汗溼透了，我也不停地用手掌抹去脖子、額頭的汗水，但不管怎麼抹，還是大汗淋漓。是冷汗。我們向工人模樣的男人問路，那人不發一語，指著前方。我們過大運橋，穿過工廠街，往前走了一會兒，看到市營電車的站牌，上面標識著「鶴町一丁目」，但從那裡再往前就到頭了，路自然地折向西邊。有一家大型的水泥廠，斷斷續續傳來吊車作業的巨大聲響，可是這巨響愈發凸顯了四周那深不可測的靜寂，我和蘭多都不由得停下腳步。

「那個女生住在這種地方？蘭多，你該不會聽錯地址了吧？」

「不會錯的，就是鶴町三丁日。這裡是二丁日，繼續往前走就是三丁目、三丁目。」

「感覺很恐怖的地方啊。」

「真的，簡直就像鬼城。」

「你見到那個女生之後要做什麼？」

蘭多的臉上掠過一絲遲疑。他看著我，過了好一陣子才說：「我想要那樣。」

「那樣是什麼？」

「那樣就是那樣啦。」

我愣愣地看著蘭多。

「我做完之後，也換你做。」

蘭多又邁開腳步，但我沒有跟上去，只是呆呆地站在原地。照片裡那個很有魅力的女生有一種潑辣的味道，所以我一時沒聽懂蘭多話裡的意思。但是，當我逐漸明白了「那樣」是指什麼，走在前方的蘭多那結實的背影，似

乎透出某種可怕的東西。我默默地跟在蘭多後面往前走。左側出現了一整排看似大雜院的兩層樓木造房子，好像從這裡就是二丁目了。再走過去，也是兩排中間夾著市營電車軌道的木屋，不知不覺中周遭已不見工廠，只有民房林立的街道，但卻更加安靜。陽光照射下，一切悄然無聲。

「你肚子餓了吧？」

蘭多回頭對我說。我們沒吃午飯。

「蘭多，你說要做那個，是打算硬著來嗎？」

「傻瓜，我怎麼會那麼做。只要我們兩個單獨在一起，我就能讓她百依百順。包在我身上吧。」

「我可不想那樣。你自己做就好了……我要回去了。」

蘭多繃著臉，想了好一陣子，然後走回來，安撫似地小聲對我說道：「好吧，既然這樣，我會盡快辦完事，你還是陪我到底吧。」

我吃驚地看著蘭多蒼白的臉龐。剛才他都還紅通通的一張臉，此刻卻血色褪盡，連眼角也往上吊了，濃眉下的眼球甚至也變得混濁起來。於是，我

終於明白了，蘭多是打定主意要這麼做才跑到這個陌生城鎮來的。

我們一邊走向鶴町三丁目，一邊找餐館，但類似的店一家也沒有。有幾名小孩在電車軌道上玩耍，沒見到半個大人的影子。遠處傳來吊車啟動的轟鳴，以及捶打東西的巨大金屬聲，但聲音被吸進了這一大片密集的兩層住屋底部，沒有絲毫回音。在沒有人居氣息，沒有雜亂猥瑣，只有房子、道路、電線桿和市營電車鐵軌交混在一起的寂靜街道上，我和蘭多汗流浹背地走著。一股徘徊在遙遠的邊境街道上的不安籠罩著我。

應該還不到用餐時間，卻有名男人已經從一塊狹窄的空地上推出了拉麵攤。蘭多給了那個男人照片上女生的名字，問她家怎麼走。男人一臉懷疑地打量著我們，然後緩緩說出女生家的位置，由於沒料到這麼容易就知道了地址，蘭多催我趕快吃拉麵。

男人把攤車推到一間門口擺滿了花盆、逐漸傾斜的房子前面，在一小塊沒有日曬的地方擺上一張長凳。

「剛剛才進的料，我家的拉麵可好吃的哩。」

然後他說，自己做生意的地方不在這一帶，而是在恩加島的周邊，要我們趕快吃完。他不時以戒備的眼神探看著周圍，看來對自己在不是個人地盤上做生意，很顧忌會有同行來問罪。

「這邊是什麼？」我指著密集的民房另一頭問道。

「大海啊。」男人冷淡地答道。

「噢，是海啊。」

「沒錯，堤防外頭就是海，到處都是油污、髒兮兮的。去年開始填土工程，好像是要建新的港口。」

熱騰騰的拉麵吃得我們大汗淋漓。我們拐過拉麵攤主所說的空地，按門牌一戶戶找去。前方是又高又長的混凝土堤防。那個女生家就在靠近堤防一排房子的一角，屋瓦有好幾片已經剝落了，整間房子給人一種被壓扁了的感覺，又老又舊。這樣一戶窮人家，二樓晾曬的衣物中，卻有幾件花俏的內褲隨風擺動。直到如今，我只要一看到鄉間溫泉區裡孤零零的脫衣舞場閃爍的霓虹燈，就會想起當時這些衣物的顏色，鮮明如繪。

蘭多把我叫到空地一角的電線桿旁，將書包遞給我，然後，打開那女生家的大門。不久，那個女生出來了，的確是照片上的女孩，但本人看起來更可愛。我一陣心慌，偷偷看了一眼那女生略帶不解的表情。

蘭多依舊板著一張臉，一個勁兒地跟她說話。談話當中，兩人一起往我這邊瞄了幾眼。後來，蘭多和那個女生一起朝我所在的地方走來，把我介紹給她，她笑著細聲地說「你好」，而她帶著笑容的臉上，隱約地浮現出一些羞澀。

「你在這裡等一下。」

蘭多丟下這句話，就和女孩一起走向堤防，登上鐵梯，消失在另一頭。他們站在堤防上的時候，女孩的裙子被風吹得飛揚起來。她顧忌著我的目光，趕緊雙手按住裙襬，那個神態和動作，至今仍深印在我心裡。

我靠在電線桿上，等他們兩個回來。等了好長一段時間，不知不覺太陽已西斜，房子的影子使空地逐漸暗了下來，但蘭多和那女生卻還不見人影。

我把自己的書包放在地上，抱膝坐在上面。打開蘭多的書包一看，最底

下有一把用打磨機削磨狹長鐵板、再花上好幾天用磨刀石打磨的自製匕首。刀柄的部分卷了好幾層白膠布，沒有刀鞘，單單一把刀子。在吹過空地的熱風底下，刀刃閃爍著斂實的寒光，完全不像是自製的簡陋之物。打樁的金屬聲響從海上傳了過來，不見半個人影的許多人家也飄出了晚餐的菜飯香。我覺得很無聊，好幾次站起來。走到堤防邊，卻不知為何，沒有心情去窺看兩人的情況。

當晚霞鐵鏽般的顏色罩滿家家戶戶的屋頂和牆壁，天迅速暗了下來，兩人還是沒有回來。我用蘭多的匕首去削電線桿，發現刀子很鋒利，就在忘我地沉浸在這股鋒利的快感，一心一意地削起電線桿來時，蘭多站在了我面前，他的臉像凍僵了似的，一片慘白，汗水涔涔。

「不好意思啦……再等我一下就好。你不介意吧。」

「……嗯。」

我一臉不高興地點點頭，他又小跑著回堤防，猛地躍了過去，消失在另一頭。他的表情像個死人，但我看得出他的身體動作掩藏著一股壓抑不住的

歡愉。

我不削電線桿了，眺望著堤防上頭空曠、髒污陰暗的天空。想來是兩人藏身之處的上空，飛舞著為數驚人的蝙蝠。我感到一陣戰慄，注視著那群蝙蝠好久好久。那是一場既非鳥亦非獸、眼目昏鈍的生物的醜惡舞蹈，是無數滿布著汗水與虛無感的肉慾的飛沫，也是被怪異的熱情擺弄的靈魂無可救藥的吵嚷聲。

我用蘭多自製的匕首割爛了他的書包。我割了又割，然後把手上的匕首扔向堤防的另一頭。我衝過空地，跑向大運橋，搭上巴士到大阪車站，然後從車站走回家。

從那天之後，蘭多就沒在學校露過面了。有傳說他被學校勒令退學，也有人說是他自己退學的，我不知道哪一種說法才是實情。從那天起，我再也沒見過他，聽說他後來加入黑社會組織，但從那之後到他死掉為止，我不清楚他過的是怎樣的人生。

＊

今天，洋子慢條斯理地整著裝，我甚至以為她想要再多親熱一會兒。隔著房間的窗戶，能看見山麓陰影處的一大片藏青色。旅館隱身在小徑深處，車聲人聲都彷彿來自遙遠的地方。

洋子側坐，剝著綠皮橘子。我頭枕在她的膝蓋上躺著，手探進她的裙子裡。洋子像是任由著我探索，但是當我隔著內褲觸摸到她時，卻又不耐煩地按住我的手。

「從前，我有個叫蘭多的朋友。」我說。

當我說到今天在車站得知他的死訊時，門外響起微微的嘈雜聲。那是旅館中庭落葉紛紛的樹木在風中搖動。在京都稍微僻靜的地方，常能聽到類似卻又不明所以的嘈雜聲。那些聲音是風，或是樹葉搖動，或是有人踩踏在樹葉上引起的。

有時候，甚至沒有人在睡覺，房間裡的某處卻傳來彷彿鼻息的聲音。

洋子回復平靜後，那聲音更加明顯了。

「是得什麼病死的？」

我的心裡掠過蘭多翻過堤防，回來找我時的身影。暗鐵鏽色的天空和無數的蝙蝠在我心底攪動。那個女孩在跟我打招呼那一瞬間羞澀的表情，跟磨著我說想去京都的洋子的表情，有共通之處。

「還無法跟我分手吧？」

對我倨傲的說法，洋子坦率地點點頭。

「……嗯，我不要再隱忍了。」

我和洋子出了旅館，走在天色遲遲還沒暗下來、往詩仙堂的路上。參觀時間只剩下十分鐘了，洋子沿著白色土牆，走到詩仙堂門前。看來她這回非得要看了裡面那座獨特的巧緻庭園，不肯打道回府。我暗自納悶洋子為何如此執拗，告訴她我在前門等她。

早過了參觀時間了，但洋子還沒從詩仙堂出來。我覺得奇怪，朝向薄暮中愈發明顯的土牆那頭張望。落葉在暮色中狂舞。似乎一陣大風正在詩仙堂

院子裡盤旋，些許落葉在空中忽左忽右、忽上忽下地飛舞著。有好一陣子，我注視著那暗色葉子縱橫交錯的情景。那在晚秋的暮色中交錯飛舞的落葉，一如十多年前的蝙蝠。我原本平靜無波的身體裡，響起了吊車的聲音，而後，教人眼花繚亂的，卻又娴娴相隨的，蝙蝠們噴湧而出。

臥鋪列車

「銀河號」上幾乎空無一人。我將塞滿文件、宣傳小冊和換洗衣物的提包，往自己的鋪位一放，又回到半夜裡寒氣逼人的月台上。

另一側的月台，停了一班似乎也是要遠行的臥鋪車，一個微胖的女人兩手拎著行李，正跑著過去要上車。已經是夜裡十一點了，偌大的車站卻毫無沉寂的跡象，聲音、氣味和人影，在寒風吹襲下不停閃爍迴旋。通往檢票口的樓梯那頭，一個爛醉如泥的男人癱坐在地上，三名幼童走上樓梯，手牽手跑過他身旁。而一個背著嬰兒的女人，看似他們的母親，一邊斥罵著那幾個四處亂跑的兄妹，一邊提心吊膽地走過醉鬼身邊。只賣火車便當的小賣店裡，銷售員的白色工作服，在暗淡的月台一角變得灰撲撲的。微暗中，這些景象反而更加鮮明。

我買了兩本週刊、一罐口袋瓶威士忌，就這樣怔怔地望著這夜色中不斷蔓延開來的喧嚷。

跟客戶的約是明天早上十點以後。本來明天一早去搭第一班新幹線也來得及，不過我好像有點低血壓，早起很吃力。於是打算今天先到東京，找個地方住一晚，哪知公司的內部會議耽誤了，終究沒能趕上最後一班新幹線。

自從十多年前，還在念高中的時候去九州學校旅行以來，我就不曾搭過臥鋪車了。每回去東京出差，也都是搭新幹線，因此，一下子沒有想起來可以搭東海道鐵路臥鋪車，睡上一晚就能抵達東京了。這還是公司會議結束後，和幾個同事簇擁著正要走進一家常去的小酒館時，一個同事忽然半開玩笑地隨口提起有一班開往東京的「銀河號」臥鋪列車，我才恍然明白。從工作時程上來看，搭這班「銀河號」夜車似乎是最合適的，而且我也想重溫一下久違的鐵道旅行，在這股微微的衝動之下，我匆匆趕回家去，草草整理好行李，就出門了。

發車鈴聲響起，我和一群衝上月台、看似學生模樣的人一起上了車。我

的鋪位在車廂的一頭，離那群喧鬧的年輕人的位置很遠。打開墨綠色的窗簾，用衣架掛好西裝外套，我立刻在鋪位上趴了下來，就這樣趴了好一會兒，一動也不動。我這邊三層臥鋪的中間和最上鋪都空著，對面的上中下三個鋪位也沒人，在這節乘客稀稀落落的車廂裡，我擁有了一處特別靜謐的角落。

列車緩緩行駛著。搭慣了新幹線的我，為這夜行列車緩慢行駛的晃動，與隱隱約約的交談聲下愈發明晰的獨特寧靜，觸動了某些心緒，不禁變得易感，連車過淀川橋的轟鳴也覺得心情愉悅。

車內廣播響起，播報各站預計到站時間。夜中，列車將停靠在豐橋、濱松、靜岡、富士、沼津等站，將會在早上九點三十六分抵達東京。客戶的公司就在東京車站旁，從八重洲口步行只需要五、六分鐘，所以趕十點鐘的會議應該沒問題。

這份合約是花了很長一段時間才拿下來的。我們公司是生產推土機等工程機械的廠商，原本銷售方面一直由一家大型貿易商社包辦，但在五年前，由於利潤分成和其他方面的事有了嫌隙，以致不得不改而委託另一家中型貿

易商代理。當然，跟大型貿易商社比起來，中型貿易商無論銷售能力或是公關影響力，都遠遠遜色多了，甚至連交易對象也成了二、三流的建築公司。

於是，心存危機感的公司領導層，著手在社內推動直接銷售的體制，也就是說，進入公司八年以來，只是一介工程師、從來沒有過業務經驗的我，卻因此被劃入了營業部門。在這之前，我一直以為自己只適合坐在製圖桌前，面對圖紙，擺弄數字和線條的人。

公司從某家貿易商那裡挖了一個據說營業能力很強，名氣響叮噹，姓甲谷的男人，來做我的頂頭上司，但我總覺得他不過是個八面玲瓏、腦筋動得快，生性狡猾之徒，換言之，就是那種只能在大樹庇蔭下才能有所發揮的類型。他來了之後，我既要為了跟他之間沒完沒了的爭論和始終無法提升的業績而煩心不已，又要挖空心思地想著如何把產品銷售出去。這些產品都是我與伙伴們經過多年來持續改良，降低成本，打造出來的優良工程機械。我對自家的產品充滿信心。

在業界普遍不景氣的情況下，仍然有建築公司以獨特的技術和經營方針

年年增長，並在東京證交所二部上市。我心想，既然現有的大建築公司與大貿易商社關係根深蒂固，光憑優秀的產品打不進去，何不全力去攻那家新竄起的S公司？

由於沒有任何人脈可以牽線，一切只能從直接登門遞上名片和宣傳文件開始。這期間的過程真是不足為外人道矣。經過一再地拜訪，終於和相關的人建立了關係，並且一點一滴地累積了對我的信任，直到兩年前才好不容易能夠進入正式協商的狀態。像這樣，一旦找到了切入口，之後的交際手腕，甲谷就遠比我優秀多了。無論接待時的話題，或之後略施壓力的推銷，事前的檯面下交易，他都展現出一種極具威迫感，我怎麼也學不來的氣魄。不知不覺中，甲谷在S公司裡扎下了根。

當甲谷開始發揮他的營業手腕，而我作為工程技術人員的專業知識，也巧妙地成為輔助工具，兩個原本各擅專場、無法相容的人自此形成默契十足的組合，共同為拿下S公司而盡心奔走。兩天前，S公司將大型推土機整批採購計畫的廠商內定為我們公司，雖然還有幾個地方要做最後協商，例如最

後的折扣、付款方式等等，不過，我們應該已經確定打敗其他眾多競爭對手，達陣成功。明天早上，我就是要去S公司商討待定案的最後幾個細節。在公司內部會商之後，已筋疲力竭的甲谷為了幫我在出差申請單上用好印去領取差旅費，仍急急地加快著腳步。個子矮小的他一邊忙著，以一種不經意的口吻對我說道：「說起來，我和你終究都只是個半調子。這世上，既有我的本事，又有你的本事的，兩者兼備的能人，肯定多的是吧。」

他半自嘲似地笑了一下，走進會計部。其他員工都已經下班了，只有部長還坐在保險箱旁的位子上。

「我明天去打高爾夫。」

甲谷一副閒閒的語氣咕噥著，把裝了錢的信封袋遞給我。當我回視他的眼睛，望向那肥厚油亮皮膚包裹著的、看似噙著淚水的瞳仁時，忽然，一股強烈的空虛感湧上心頭。我從來不曾體會過比這一刻更大的充實感，但也從來沒有感受過比此際更強烈的空虛感。這兩種截然不同的情緒，在我匆匆整理好行裝，獨自前往大阪車站的路上，從心底汩甸甸地擴散開來。明明即將

完成一項極為棘手的大任務，卻被一種無端的落寞緊緊擒住。而這樣的心情底下，同時又有一股親自去完成最後大結局的，無可抑止的興奮。

我解開領帶，仰躺著，在臥鋪車廂裡狹窄的鋪位上痛快地伸著懶腰。列車駛過幾個道岔，伴隨著一陣陣震動，開進了京都站。上車的乘客依然很少，但我對面的鋪位來了一個打扮整齊的老人。粗硬的銀髮分得很妥貼，深褐色的西裝也頗有質感，看來至少是七十好幾了。我沒有拉上窗簾，就這樣躺著，看著老人在他自己的鋪位坐下來，像是要歇口氣似凝望著窗外。老人連看也沒看一眼躺在跟前的我，只是兩手放在膝蓋上，直盯著車窗的另一頭。我輕輕地拉上窗簾，有好一會兒，閉上了眼睛，但眼瞼裡有一些紅紅的光點飛掠著，每當出現這種情形，就意味著這將是個頭腦裡某處異常清醒的不眠夜。

我拿著口袋瓶威士忌，走到通道上。老人還是維持原來的姿勢，定定地眺望著夜景。在車內黯淡的燈光下，仍可看出他膚色白皙、緊繃的臉上，端正的鼻梁高挺，顯然年輕時是個眉清目秀的美男子。而他身上的穿著、手表和鞋子，在在顯示出身家殷實。然而儘管如此，老人的眼神卻顯得空虛而哀

戚。不知為何，他空茫的眼神牽動了我的心。我不禁閃過一個念頭，甲谷把差旅費遞給我時的眼裡，以及接過差旅費的那一瞬間，我的眼裡必定都曾有那麼一絲無以名狀的哀戚一閃而過。

我走到看不見老人的稍遠處，靠著手道上的扶手，往隨瓶附贈的小塑膠杯裡倒入威士忌。隨著一陣規律性的劇烈晃動，杯子裡的酒溢了出來。再從酒瓶往杯子倒入時，酒灑出來更多了。無可奈何之下，我只好直接就著酒瓶瓶口往嘴裡灌。列車好像已經進入滋賀縣了。

車窗玻璃上清晰地映照出自己的臉龐和車內的景象。我凝神地注視了好久，才終於看見有一個小小的光點，在窗外漆黑的暗夜深處飛掠而過。那群學生占了車廂正中央處，圍成一圈好像正玩撲克牌吧，不時爆出極力壓抑的笑鬧聲。也有輕輕的鼻息傳來。

威士忌已滲透胃壁，卻完全沒在身體裡起任何作用。最終，我把整瓶酒都喝光了，胸口在灼燒，嘴巴、喉嚨湧起一陣火辣帶著酸氣的東西。我走到洗手間，喝了水，站在車廂連接處，吹了好一陣子冷風。

回到自己的鋪位一看，老人鋪位的簾子拉上，似乎已經躺下來睡了，靜悄悄的。我脫下襯衫和長褲，躺下來，蓋上毛毯。車廂裡的暖氣過強，我的後背和脖子微微地沁出汗來。

我回想起甲谷五年前的樣子。他放棄了全國數一數二的大貿易商社課長職位，進到我們公司來擔任新設立的營業促進部部長。我一眼就看出來，他流氓般的言行舉止下，掩藏著一絲可名之為「膽小」的東西，也一眼就洞穿了在他對部屬趾高氣揚、虛張聲勢的態度背後，存在著致命的性格缺陷，以致不得不放棄他在一流大企業內出人頭地的可能性。他的拿手本領本來很可以在大舞台發揮的，奈何性格裡有著與那個世界並不相稱的低俗和膩味。回顧攻克S公司過程中幾個難忘的片段時，必然就會浮現出那些雖絢麗卻又極其沉靜的畫面。那是甲谷親自出動，參與一直由我單槍匹馬負責的對S公司談判的時候。

傍晚，我外出回到公司，一進到最裡面的營業促進課，只見甲谷坐在離他自己窗邊座位很遠的一個女職員辦公桌上，茫然地看著室內的一角。辦公

室裡只有他一個人。夏末西斜的強烈日陽，照進雜亂的辦公室裡，落在他寬實的肩背上。雖然開了空調，但不知為何，遮陽用的百葉窗全部拉上來了，房間裡很熱。我走到窗邊，想把百葉窗放下來，還特意加重腳步，但甲谷卻沒察覺到我進來了。我原想叫他，但又噤聲。無論是狹窄的辦公室裡蒸騰的熱氣，或是隨著空調吹起的漫天浮塵，都悄然無聲地將甲谷圍在其中。過了一會兒，甲谷才好像猛然發現有人在一旁，慢慢地回過頭來。他一看到我，旋即若無其事地走回自己的座位，默默地放下百葉窗，然後以比平時更傲慢的口吻對我說：「打算什麼時候才要坐下來喝茶聊天？」

我問他是什麼意思，他回答：「S公司那些人啊。都已經打交道到這程度了，接下來要換不同的招數啦。又不是小孩了，自己要學會判斷啊。」

「……是。」

「是什麼？凡事都有所謂時機，錯過時機，後面再提出什麼對策全都不管用！」

甲谷用紅筆在我擬定的銷售計畫書上逐一批改，直接下達指示。那些指

示隱含著他一流的敏銳度和惡劣心思。我心生強烈的反感，也擔心若是依照甲谷的指示進行，自己至今為止的拚搏，最終都會都會變成他的功勞。

「明白嗎？這筆生意絕對要弄到手，絕對要成！」

當甲谷放聲強調「絕對要成」的那一瞬間，往後梳的濃密頭髮中有一綹髮絲跑到額前，散了開來。霎時，剛才甲谷的模樣，鮮明地在我腦中甦醒了。

我沉默了半晌，問道：「剛才，您在想些什麼呢？」

甲谷只是瞥了我一眼，一臉不耐煩地收拾起桌面。

「是在想跟S公司的事嗎？」

「……不是，什麼也沒想。」

然後，甲谷出其不意地對我燦爛一笑。我從不曾見過他這樣子笑過，那天真的笑容，就像是小孩子被抓到了什麼小辮子似的。看著他，我不禁也報以同樣的笑臉。

「感覺有點怪哪。」

甲谷聽了，眼角處流露出深深的寂寥，肩膀聳得比以前更高，匆匆走出

了辦公室。然而，剛才在堆積如山的文件、說明書和雜七雜八的資料堆後面，甲谷那肩背上迎著強烈陽光、垂著頭發呆的小小背影，卻在我心頭揮之不去。仔細想想，除了工作上的交集，我對甲谷的家庭或是他這個人，可說一無所知。這個念頭始終縈繞不去。到後來，只要一想到對甲谷一無所知這一點，我對他的種種忿懣與不以為然，也就會平息，而後壓抑下來。

列車不時傳來猛烈的鐵軌傾軋聲，我的身體也隨之晃動。每次一劇烈搖晃，我便睜開眼睛，翻過身，變換臥姿。車廂內的暖氣愈發熱了，再加上一陣陣強勁的左右搖擺，根本無法安眠。好像是火車正在通過平交道口較多的地段，警鈴聲一再地由近而遠。不久，又有人走過走道的腳步聲重重響起，我乾脆打開簾子，坐起來抽菸。這時，我聽見了哭泣聲。

清晰可聞的哭泣聲陣陣傳來。是對面拉上了簾子的老人在哭泣。我心頭一驚，豎耳傾聽著。老人壓抑著的哭聲，混雜在列車的震動和隱隱約約的人聲中，一直持續著。那悠長的低泣，是如此痛切，彷彿在述說著一股無法承受的悲哀。

列車停下來了。我拉開枕邊的簾子看站名。到豐橋了。再看看手表，剛過三點半。雖是三更半夜，但看來還是有人上車，兩、三個人走過走道的腳步聲響起，列車隨即開動了。多多少少都得睡一下才行。我再次仰躺在鋪位上，拉起毛毯蓋好，閉上雙眼，但卻無法不去留意對面老人的動靜。心裡邊想著該睡了，腦袋裡又有某根神經想要探知老人的狀況，於是腦筋愈發地清醒了。

以為就此停止的哭泣聲，隔了一會兒又從簾子後頭傳了出來。老人一個勁兒地哭著。我覺得不宜過問，便只是默默聽著。

＊

二十多年前，我還是小學三年級的時候，住在大阪中之島西端的舟津橋。我們家正好就在土佐堀川流經之處，屋後的窗戶底下直接就是很深的河水。我跟同班的勝則很要好，住得也近，經常來往玩耍。

炎炎夏日裡的一天，接近正午的時候，勝則來我家，邀我一起組裝他爺爺買的模型船。勝則沒有父母，不知道他們是去世了，還是別的情況，沒有人曉得具體的原因。他爺爺把他當兒子一樣的撫養。

我們進了鋪著榻榻米、用來放雜物的房間，從工具箱裡找出錐子、鐵絲、小刀等等開始組裝模型。勝則的爺爺是開業醫生，在離我家走路約兩三分鐘的地方，開了一家內科診所。勝則等於是富裕家庭的獨生子一般，幾乎任何想要的東西都能要到手，因此經常拿出一些根本不可能指望父母買給我的高級玩具，讓我羨慕不已。

我們玩耍的雜物間正對著河，木板牆上有一扇對開的門，我已經忘了那扇門是做什麼用的了，只知道因為河就在門外，為了避免危險，門的把手平時都用鐵絲捆住。然而，就在那一天，鐵絲解了開來。事後才知道，原來是爸爸為了讓屋子裡通風而打開了門，關上後卻忘了再把鐵絲捆回去。但是，當時我們都不知道這個情況。勝則跟平時一樣，往對開門一靠，直挺挺地掉進河裡去了。我往河裡看去，搜尋突然間消失在門外的他，只見他仰躺著浮

在土佐堀川的水面上。他像個人偶似的，一動也不動，漂浮著，並注視著我。我高聲喊叫媽媽，又轉頭望向河面。很不巧，並沒有小汽艇開過，但有一個繫著紅色兜檔布的陌生男人正駕著一艘小船。

「大叔，救命啊！那個小孩掉進河裡啦！」

我指著下面的河哭喊著。那男人聽見喊聲，露出驚詫的神色，望向我手指的地方，終於看見飄浮在水面上的孩子。他慌忙掉轉船頭，向勝則的方向開去。已聞聲衝了過來的媽媽，臉色發白，她從窗戶探出頭，看著勝則，然後大叫。

「別動！就這樣別動啊！」

我感覺好像經過了很長很長的時間，小船才開到了勝則身旁。但是很不可思議的是，他並沒有沉下去，簡直讓人懷疑，勝則漂浮著的那一處並非水面。不知道是否是河水進了眼睛，他不時左右擺擺頭，唯有身體像棍子一樣一動也不動。

終於來到勝則身邊的紅色兜檔布男子，伸出一隻手來抓住他的手腕，把

他拉上了小船。勝則微微睜開了眼睛，但幾乎全無意識，任憑我們怎麼叫喚都毫無反應。雖然他完全沒有喝進一點河水，氣息、脈搏也都很正常，但慘白如死人的臉上，始終不見恢復血色。勝則的爺爺接到消息後趕了過來，用大毛巾把他裹上，立即帶回自己的診所進行急救。到了傍晚，勝則恢復了意識。原來，他掉進河裡的時候，因為驚愕和恐懼，陷入一種失神狀態，而這正是他福大命大之處。只要他稍稍亂動、掙扎，肯定一下子就沉到水底去了。他靠著假死狀態，救了自己的性命。

很明顯的，這起意外是我家的過失。爸爸媽媽好幾次去向勝則的爺爺賠罪，但是從那以後，勝則就不再來我家玩了。即使在學校遇見，他也一臉的不高興，不跟我說話。我們就此而疏遠了，儘管後來初中、高中生活都在同校度過，但卻毫無接觸。

勝則從疾駛的火車上掉下來身亡，是在那之後過了十多年的昭和四十年（一九六五）。當時，他在醫科大學念三年級，是登山社的社員，所以當我聽說他的死訊時，還以為他必定是遭遇山難去世的。後來才知道他是冬天和

登山社的同伴在要去登穗高山時，在中央本線上摔落致死的。不過，據說同行者中並沒有人察覺他究竟是在哪裡、怎麼掉下去的。因此，為何會發生這起意外，最終也沒有弄清楚原因。我跟兩、三個朋友一起出席了勝則的喪禮。勝則的爺爺那時也還沒退休，每天精神矍鑠地給患者看病。喪禮當天，他也極其鎮定，面無表情地端坐著。我們上過香，便匆匆告辭離開了。

過了幾天後的一個星期六，我感冒發燒了。平時是去玉川町的醫院看的，但那裡週六下午休診。我想起勝則的爺爺一直以來星期六下午也看病，心下有些躊躇，但仍走進了診所大門。

由於這附近週六下午看診的診所只此一家，來診療的患者意外地多，我只好耐心地排隊等候叫號。記得這裡以前有護士，但現下卻沒看見，只聽見老爺爺親自依序叫著病患的名字，那熟悉的聲音在候診室裡迴盪。

老爺爺一看見我，便開口說：「前些日子，謝謝您百忙之中特地前來出席喪禮。」

說完，鄭重地鞠躬致意。

「哪裡，實在是不知該說什麼……」

老爺爺說，你感冒了，要注意保暖，多休息。之後沒有人候診，我是最後一個患者了。

「看完你，今天就休息了。」

老爺爺到大門口掛上了「本日休診」的牌了，然後走回正穿上衣服的我身邊。

「您一直這麼精神奕奕呢。」

「不行了，上了年紀啦。患者一多，那一天就特別累。」

他又說，打算下一個月起，只在上午看診。這間診療室一點都沒變，無論茶褐色的木製病歷櫃、診療檯的位置、掛在牆上的林布蘭的畫，都跟從前一模一樣。

「您高壽是？」

「嗯……已經七十八了。」

那雙跟勝則很像的眼睛瞇瞇笑著。

「勝則生前，承蒙照顧了。」

「哪裡，讀小學的時候，倒真的是每天在一起玩的……」

於是，我提起了自從那件意外之後，兩人的關係就疏遠了的事。

「哦哦，確實是有那麼一件事。」老爺爺的視線落在了遠處，不發一語地回想起往事。

「沒錯。是在你們家玩的時候掉進河裡了。」

「為什麼當時沒有沉下去呢？我還時常想起這件事，每次想到就驚恐不已。幸好附近就有人駕著小船。」

「繫紅色兜檔布的。」

「對對，沒錯。」

「那個人現在應該在渡邊橋附近開一家保險公司。當時，他在中央市場工作……人家說大難不死必有後福，可那孩子卻不是啊。」

他說著，脫掉白袍，放在膝上，緩緩摺好。

「可憐的孩子，從沒嘗過父母的疼愛，那時候死了也好吧。」

我默然。一時無言以對。對曾經漂浮在土佐堀川上，奇蹟地撿回一命的勝則而言，從那之後一直到從中央本線摔落下來的這十幾年間，究竟意味著什麼呢？我茫然地想著。

到了下個月，老爺爺就把診所關了。聽說他回了山口縣的老家，但至今我仍不清楚這個說法是否屬實。

「匡噹」一聲巨響，列車停了下來。看來是在等候號誌燈，有好一會兒靜止不動。老人的哭泣聲不知何時停止了，我翻身，背對拉簾，盡量什麼也不去想。列車又開動了，我任由身體隨著這擺動的節奏輕晃著。老人一止住哭泣，彷彿劃下一個休止符，原本圍繞在我周遭的一切聲響也消失了。一種奇異的安心感湧上來，感覺自己似乎小睡了一會兒。明明覺得只睡了很短的時間，但一覺醒來，早上眩目的陽光卻已透過玻璃車窗，灑滿整個車廂。

我拉開簾子，轉了轉脖子。睡眠不足以致昏昏沉沉的，好一會兒也沒清醒過來。老人的鋪位空著，皺巴巴的床單上，毯子摺得好好地放著。過道上也不見他舉止端整的身影，想來是深夜裡在某一站下車了。我整理一下衣服，

走去洗手間，在左搖右擺中洗臉刷牙，濺得胸前和長褲上都是水。昨晚的睡姿不對，此刻全身每個關節都在痛。

我返回鋪位的同時，列車停靠在沼津站。男人兜售鐵路便當的叫賣聲，女學生上學途中的喧嘩，宛如巨浪席捲而來。我買了便當和茶，在老人曾坐臥的鋪位上坐下來，憑窗遠眺地方城市的早晨即景。行色匆匆的人群，個個嘴裡冒出白霧。

車過幾個隧道後，看見了熱海的海。我望著海中央群集跳躍的朝陽光點，吃著便當。雖然沒有食慾，但我什麼都不想，只是一口接一口吃著。反射在玻璃窗上的側臉，在朝陽的照耀下忽隱忽現。我吃完便當，從提包裡拿出塞滿文件的紙袋。完成了一項工作的喜悅，倏然竄過我疲憊不堪的身體。我想著，說一早要去打高爾夫球的甲谷，應該已經出門了吧。

譯後記——

從「河川三部曲」到《幻之光》——宮本文學的本然與本色

陳蕙慧

以河川三部曲〈泥河〉、〈螢川〉分別奪得太宰治賞、芥川賞的宮本輝，接著寫下〈道頓堀川〉，完成奠定文壇地位的自傳性作品「川の三部作」之後，很快地以〈夜櫻〉做為下一階段的起點和暖身，再寫出收錄在這本中短篇小說集的〈幻之光〉、〈蝙蝠〉、〈臥鋪列車〉，可說是為一出道即被譽為「宮本文體」，其後亮麗展開、自成一完整「宮本文學世界」立基的重要轉型之作。

回顧「河川三部曲」

如果我們回頭看河川三部曲，〈泥河〉中一個大阪安治河河口岸邊小吃店家的小男孩信雄，因為一個待他親切的馬車伕叔叔的橫死，而在大雨中邂逅了以船為家的另一個男孩喜一，喜一家破落的船體分割成前後兩半，三夾板的那端隱藏著信雄本能隱約察覺出但猶朦朧未明的祕密，這段探索，成為男孩由幼年步向少年之旅的入口。「死亡」與「性」交織成一股迷濛的河上水霧，我們也在這濃濃的霧氣中回溯自身的童年。

比〈泥河〉更早創作，並改寫過五、六次的〈螢川〉，是宮本輝因罹患恐慌症，立意專職寫作，乾脆辭去廣告公司工作之後的第一篇作品。作家自承：「當時改過多次仍不滿意，便把稿子扔進了抽屜裡，後來由於〈泥河〉得了獎，才又把〈螢川〉找出來發表，不意竟拿下芥川賞。」

在對照了多次改寫過的〈螢川〉文稿後，評論家們發現了新進作家宮本輝的驚人成長。這篇意欲書寫以作家父親為原型——重龍的「父子物語」作

品，從初稿以父親為主軸的大篇幅描述，到定稿中一變而成為形式上以母親為原型——千代的「母子物語」。然而，儘管一開場即因重病臥床不起而少有行動場景的重龍，依舊在各個層面上如隨形之影，牽動著身為初中三年級學生的主人公龍夫，以及妻子千代的心境、情感、思緒和行為對應，而促使這對頓失支柱的母子終究必須經歷前所未有的遭遇，而對「回憶」與「死亡」有了更刻骨銘心的體會。

因此，最終，〈螢川〉本質上仍是一篇技巧高妙的、不折不扣的「父子物語」，透過深受父親寵溺關愛的龍夫之眼，看見周遭大人「背負無盡重擔、無限悲哀的人生」，以及正處於青春期的少年本身萌芽的「性之本體」。

作家父親想要在北陸富山東山再起的意圖迅即破滅，一年後又回到大阪，於是有了〈道頓堀川〉這篇以一名在咖啡館打工的大學生邦彥，與店主武內發展出一段有如父子情誼般緊密關係的故事。圍繞著失去雙親、無依無靠而滿懷寂寥感的邦彥，以及與自己的親生兒子有著鴻溝般的隔閡無法跨越的武內，和算命師私奔卻又乞求回到丈夫武內身邊的鈴子、在風月場所討生活、

邦彥心生微妙情愫的年長女子町子姊、邦彥死去的父親以前的情人卻還常常給邦彥塞生活費的里美、武內過去以打撞球賭博為生的夥伴吉岡、十數年後再度出現武內面前的算命師杉山……這些形形色色為「命」與「業」束縛，帶著一身不信任、嫉妒、情慾、野心等「夾雜物」的人們，因有了這骯髒發臭的道頓堀川的包容，而得以將之拋卻，並得到淨化。

但「命」與「業」如此盤根錯節，即將成為社會所認知的「成年人」的邦彥（以及在人世之河不停流轉的我們），除了短暫的拋卻與淨化，如何能夠解脫？而「命」，「宿命」、「命運」，一言以蔽之，就是「業」。乍看前三者為果，後者為因，實則彼此互為因果。

生與死、命與業

宮本文學嘗試的就是將捆綁著人的，造成「業」的夾雜物，也就是深埋

在我們身體或意識裡的最普遍性的那些無名之毒，以故事的方式映現出來，並能夠獲取生存下去的支點。

於是，繼「河川三部曲」之後，正式脱離自傳式作品，首次以女性人物為視點，描寫女性心理與生理的〈夜櫻〉誕生了。在評論家眼中，這篇作品的重要性，在於形成了宮本文學重要的兩大主軸之一，即以女性心理為主要視點，探討文學的終極主題「生」與「死」的起始點，成就了後來的名作〈幻之光〉、《錦繡》、《多瑙河的旅人》等等。

〈夜櫻〉，描寫一年前痛失獨生愛子的綾子，在與前夫離婚之後的二十年，因為兩人孩子的喪禮重逢了。回首前塵往事，綾子內心對裕三始終舊情未捨，此刻，再婚的前夫就在眼前，也喃喃怨嘆著長久以來的遺憾和愧疚。綾子不禁自問起，自己做為一個這般脾性的女人，是否就該承受如此破碎的人生?為何當時不能做一個能不導致丈夫外遇的女人，或是丈夫外遇了卻能夠圓滿挽回的妻子?綾子陷入深深的疑惑，而這時有一個年輕人上門來，表示想在二樓角落的房間借住一宿，綾子在對方苦苦哀求之下念頭一轉答應了。

傍晚時，年輕人同時帶來了女伴。她害怕、擔憂、疑惑……夜裡輾轉怎麼也無法成眠，於是偷偷上了二樓想察看動靜。在依稀可聞的男女談話中，了解到這對這一天新婚的夫妻，是為了來此觀賞綾子家後院裡滿開的夜櫻，當作是度蜜月。綾子訝然，舒心了些，她也回到一樓檐廊，眺望著夜空中如落雨繽紛般的「櫻吹雪」。啊，似乎從漫天飛舞的花瓣中，綾子有一瞬看到了自己可以成為那樣的女人……

成為哪樣的女人？

答案似乎寫在作為本書書名的〈幻之光〉裡。

生長在窮困家庭裡的兩個同齡孩子在小學六年級時初識了。女孩由美子的父親長期臥病在床，靠著母親做粗工賺錢養家，失智老祖母時時叨念著要回老家，多次試圖離家出走，有一天終於如同人間蒸發般，再也沒回來了。居住在兵庫縣尼崎被稱為隧道大雜院的破屋裡，有一天鄰居的一位大叔再婚，續弦的女子帶了一個男孩子拖油瓶，即小說中由美子在他死後一直在心裡對他說著悄悄話的「你」。

兩人長大後結了婚，並在由美子生下孩子勇一才三個月大時，「你」自殺了。當時只有二十五歲。

你為什麼要死呢？由美子怎麼也想不明白，只能一次次地對著丈夫沿著電車軌道中央緩緩而行的背影不停追問。那個背影與沿著阪神國道快速道路緩緩前行的祖母背影合而為一了。

四年以後，由美子懷著忐忑的心再嫁到更加窮困的北陸奧能登漁村。即使過著新生活，慢慢地融入了新的家庭，但內心深處依然埋藏著巨大的疑問，「你為什麼要死？當電車迎面而來時，你為什麼躲也不躲？」

公公跟她說，奧能登曾曾木這一帶很少見的晴朗日子裡，海面上會出現一團閃閃發亮的東西，看起來很像是一大群魚從海底湧上來，但其實那是要騙那些整個年頭都捕不到多少漁獲的漁夫的！要是上當了那可就糟了！由美子覺得公公對她說的這番話別有意涵，但她還不明白具體而言是什麼。

那人生海面上的幻之光意味著什麼呢，她也會被吸引而上當嗎？她知道怎麼避開那個危險嗎？由美子的生命旅程，能置之死地而後生嗎？

〈幻之光〉的故事極其悲傷，悲傷的是指明那生而為人所能遭遇到的種種「不幸」究為何物？〈幻之光〉的彼方亦極其美麗，那美麗是肯定了某種力量足以使「生」機勃發，向前行去。

經過暗夜哭泣，迎接黎明

另一個關於〈幻之光〉中的「你」為何選擇自殺的答案，或許也藏在這篇〈臥鋪列車〉裡。

在一家工程機械公司任職的上班族「我」，被從技術部門調到了營業部門。以優秀的專業技能自許的「我」，終日苦於各戶開發與業績達成上的膠著處境中，從別處挖角來的上司甲谷顯得是個虛張聲勢的傢伙，然而「我」卻得仰仗對方的靈活手腕。一日，在空無一人的辦公室裡，「我」似乎撞見了甲谷的疲憊與空虛，因此，在前往東京沿公的臥鋪車廂裡，對面拉上簾幕

的臥鋪裡那個獨自出行的老人的痛切哭聲，才會撼動了「我」，而勾起幼年時期一個玩伴的回憶。

那個同學與年邁開業行醫的爺爺同住，沒有父母，某天同學來家裡玩時意外掉進了家後面的土佐堀川中，而後驚險萬分地救了起來，沒想到，上了大學的他，卻在一次社團登山活動的途中，從疾駛的列車上摔落喪生了。

為什麼死過一次的人，又再次遭逢死難呢？

暗夜裡在列車廂中哭泣的人，與同學爺爺的身影合而為一。好不容易瞇了一下醒來後天已經亮了，老人也已失去行蹤。

「我」想起了甲谷，這一天，他會去打高爾夫球。

日常的生活如常運作，肩負的責任仍然得確實執行。

〈蝙蝠〉在這一本集子裡，意象鮮明強烈，一如夜櫻、海上幻之光、夜行列車，卻更加散發出妖異感。彷彿〈幻之光〉中的由美子，及〈蝙蝠〉中的洋子，是否才是綾子企望成為掌握某種「幸福奧祕」的女子典型？

高中時被素行不良、綽號蘭多的同班同學暱稱為「康助」的主人公，在

多年後得知蘭多已死的消息。然而這一天，康助正要與外遇對象洋子前往京都旅行。

一路上，洋子懷著微微的怨懟與期待。想要弄清楚康助對這段感情的態度，然而，康助心裡想到的都是高中某個暑假過後的一天，受蘭多之邀，千里迢迢地離家搭車遠至大阪港口一處貧民區裡，去找蘭多出示的照片燦笑的女孩。

最後蘭多與女孩逕自拋下他，爬上堤防去到另一頭的草叢深處。康助百無聊賴地等待，等到又渴又累，憤而拿出受託保管書包裡的自製匕首，割爛了蘭多的書包。

暮色降臨，橘黃色的夕陽滿布，只見草叢上猛然竄飛出成群亂舞的蝙蝠。康助扔下書包驚恐地跑回家了。從此，再也沒見過蘭多。

而蘭多竟死了五年多了。

康助在洋子的要求下，於暮色中，來到即將閉園的詩仙堂庭園。洋子一個人進去了，康助百無聊賴地等著，等著，不知過了多久，洋子都沒出來。

這時，一陣大風吹起，幾片落葉颳上了半空中，盤旋、交錯、飛舞……

生命中，有多少一如蝙蝠般的在我們心裡竄飛的東西呢？那又是出現在哪些時刻？

死亡引來的記憶盤旋。「命」與「業」的疑問與探求，都挖得很深、很痛。這是宮本文學的本然與本色。

（本文作者為資深出版人、譯者）

小文藝 003

幻之光

作者 宮本輝
譯者 陳蕙慧
責任編輯 林依俐
美術設計 POULENC
編輯行政 高嫻霖
校對協力 郭亭妤

發行人 林依俐
出版 青空文化有限公司
台北市大安區敦化南路一段105號10樓
讀者服務信箱：service@sky-highpress.com

總經銷 大和書報圖書股份有限公司
電話 02-8990-2588
印刷 前進彩藝有限公司

出版日期 2022年6月 初版一刷
定價 220元
ISBN 978-626-95272-5-0

國家圖書館出版品預行編目(CIP)資料

幻之光 / 宮本輝著；陳蕙慧譯 -- 二版 . -- 臺北市：青空文化，
2022.6
160 面； 10.5 x 14.8 公分 . --（小文藝；3）
譯自：幻の光
ISBN 978-626-95272-5-0（平裝）
861.57 111005663

青空線上回函